Протиборчі Сторони

Протиборчі Сторони

Aldivan Torres

aldivan teixeira torres

CONTENTS

1 Протиборчі Сторони   1

Протиборчі Сторони

Протиборчі Сторони

Aldivan Torres

―――――――――――

Автор: Aldivan Torres
©2019- Aldivan Torres
Коректура: Aldivan Torres
Всі права захищені
Протиборчі сили: частина перша

―――――――――――

Ця книга, включаючи всі її частини, захищена авторським правом і не може бути відтворена без дозволу автора, перепродана або передана.

Коротка біографія: Альдіван Торрес, народився в Бразилії, є консолідованим письменником в різних жанрах. До сих пір має назви, опубліковані десятками мов. З ранніх років він завжди був любителем письменницького мистецтва, закріпивши професійну кар'єру з другої половини 2013 року. Він сподівається своїми творами вести свій вклад в міжнародну культуру, пробудивши задоволення від читання у тих, хто не має звички. Ваша місія - підкорити серце кожного з ваших читачів. Крім літератури, його основними диверсіями є музика, подорожі, друзі, сім'я, задоволення від самого життя. «Для літератури, рівності, братерства, справедливості, гідності та честі людини завжди» – це його девіз.

Зведення

Протиборчі Сторони

Протиборчі Сторони

Нова ера

Препарати

Священна гора

Хатина

Перший виклик

Другий виклик

Привид гори

вирішальний день

Молода дівчина

Тремор

За день до останнього виклику

Третій виклик

Печера відчаю

Диво

Вихід з печери

Возз'єднання з Опікуном

Прощання з горою

Подорож назад у часі

Де я?

Перші враження

Готель

Вечеря

Прогулянка селом

Чорний замок

Руїни каплиці

Наказ

Зустріч мешканців

Вирішальна розмова

Нова ера

Після невдалої спроби видати книгу я відчуваю, що моя сила відновлюється і зміцнюється. Адже я вірю в свій талант, і у мене є віра в те, що я збираюся здійснити свої мрії. Я дізнався, що все відбувається в свій час, і вважаю себе достатньо зрілим, щоб реалізувати свої цілі. Завжди пам'ятайте: коли ми дійсно хочемо мети, світ змовляється, щоб вона відбулася. Ось що я відчуваю: оновлений силою. Озираючись назад, я думаю про твори, які я так давно прочитав, які, безумовно, збагатили мою культуру і мої знання. Книги перекосять нас через невідомі нам атмосфери і всесвіті. Я відчуваю, що мені потрібно бути частиною цієї історії, тієї великої історії, яка є літературою. Не має значення, чи залишуся я анонімним, чи стану великим автором, якого визнають у всьому світі. Важливим є внесок, який кожен дає в цей великий Всесвіт.

Я радий цьому новому ставленню і готуюся здійснити велике плавання. Ця подорож змінить мою долю і долі тих, хто може терпляче прочитати цю книгу. Ходімо разом у цій пригоді.

Препарати

Я пакую валізу своїми особистими предметами, що мають надзвичайно важливе значення: якийсь одяг, якісь хороші книги, моє нерозривне розп'яття і Біблія і якийсь папір для написання. Я відчуваю, що здобуду багато натхнення від цієї поїздки. Хто знає, можливо, я стану автором незабутньої історії, яка увійшла в історію. Однак перед тим, як поїхати, я повинен попрощатися з усіма (особливо з мамою). Вона надмірно захищена і не відпустить мене без поважної причини або хоча б з обіцянкою, що я скоро повернуся. Я відчуваю, що одного разу мені доведеться віддати крик свободи і літати, як птах, який створив свої крила... і їй доведеться це зрозуміти, тому що я не належу до неї, а скоріше до Всесвіту, який вітав мене, не вимагаючи нічого від мене натомість. Саме для Всесвіту я вирішив стати письменником і виконати свою роль і розвинути свій талант. Коли я приїду в кінець дороги і щось зроблю з себе, я буду готовий вступити в причастя з творцем і вивчити новий план. Я впевнений, що я також буду мати в цьому особливу роль.

Я хапаюся за валізу і з цим відчуваю тугу, що піднімається всередині мене. На думку спадають питання і турбують мене: Якою буде ця поїздка? Чи буде небезпечне невідоме? Які запобіжні заходи слід вжити? Що я знаю, так це те, що це буде спонукати до роздумів для моєї кар'єри, і я готовий це зробити. Я хапаюся за валізу (знову) і перед від'їздом шукаю, щоб моя сім'я попрощалася. Мама на кухні готує обід з сестрою. Я зближуюся і вирішую вирішальне питання.

"Бачиш цю сумку? Це буде мій єдиний супутник (крім вас, читачів) у поїздці, яку я готовий здійснити. Я шукаю мудрості, знань і задоволення від своєї професії. Сподіваюся, ви і розумієте, і схвалите прийняте мною рішення. Приходьте; обійняти мене і добрі побажання.

"Сину мій, забудь про свої цілі, бо вони неможливі для таких бідних людей, як ми. Я тисячу разів казав: ти не будеш кумиром чи чимось подібним. Зрозумійте: Ви не народилися, щоб бути великою людиною», – сказала Джульєта, моя мати.

"Слухайте нашу маму. Вона знає, про що говорить, і має рацію. Ваша мрія неможлива, тому що у вас немає таланту. Прийміть, що ваша місія полягає лише в тому, щоб бути простим вчителем математики. Ти не підеш далі цього" - сказала Далва, моя сестра.

"Отже, тоді ніяких обіймів? Чому ви, хлопці, не вірите, що я можу бути успішним? Я гарантую вам: навіть якщо я заплачу за здійснення своєї мрії, я буду успішним, тому що велика людина - це той, хто вірить в себе. Я зроблю цю подорож і відкрию для себе все, що є, щоб розкрити. Крім того, я буду щасливий, тому що щастя полягає в тому, щоб йти шляхом, який Бог просвітлює навколо нас, щоб ми стали переможцями.

Сказавши це, я спрямовую себе до дверей з упевненістю, що буду переможцем у цій поїздці: подорожі, яка приведе мене до невідомих напрямків.

Священна гора

Давним-давно я чув про надзвичайно непривітну гору навколо Пескейри. Це частина гірського хребта Ороруба (корінна назва), де мешкає корінний народ Сюкуру . Кажуть, що вона стала священною після смерті загадкового знахаря з одного з племен сюкуру. Це може втілити будь-яке бажання в реальність, якщо намір чистий і щирий. Це відправна точка моєї подорожі, мета якої - зробити неможливе можливим. Чи вірите ви, читачі? Потім залишайтеся зі мною, приділяючи особливу увагу оповіданню.

Слідом за автомагістраллю BR-232, що доходить до муніципалітету Пескейра, приблизно в п'ятнадцяти милях від центру, знаходиться Мімосо, один з його районів. Сучасний міст, недавно побудований, дає доступ до місця, яке знаходиться між горами Мімосо і Ороруба, купається біля річки Мімосо, що проходить на дно долини. Священна гора знаходиться саме в цей момент, і саме туди я їду.

Священна гора розташована поруч з районом і за короткий час я перебуваю під нею. Мій розум блукає по простору і далекому часу, уявляючи собі невідомі ситуації і явища. Що чекає мене, піднявшись на цю гору? Це, безумовно, буде відроджувати і стимулювати досвід. Гора невисокого зросту (2300 футів (0,7 км).) І з кожним кроком я почуваюся впевненіше, але і очікую. На думку спадають спогади про напружені переживання, які я пережив за двадцять шість років. За цей короткий період було багато фантастичних подій, які змусили мене повірити, що я особливий. Поступово я можу поділитися цими спогадами з вами, читачі, без почуття провини. Однак це не час. Я продовжу йти стежкою гори, шукаючи всі свої бажання. Це те, на що я сподіваюся, і вперше я втомився. Я проїхав половину маршруту. Я не відчуваю фізичного виснаження, а в основному психічного через дивні голоси, які просять мене повернутися назад. Наполягають вони зовсім небагато. Однак я не опускаюся легко. Я хочу досягти вершини гори за все, чого вона варта. Гора дихає для мене повітрям змін, які випромінюють для тих, хто вірить в її святість. Коли я потраплю туди, я думаю, що я точно знатиму, що робити, щоб дійти до того шляху, який проведе мене через цю подорож, на яку я так довго чекав. Я зберігаю свою віру і свої цілі, тому що у мене є Бог, Який є Богом неможливого. Продовжимо гуляти.

Я вже пройшов три чверті шляху, але все-таки мене переслідують голоси. Хто я? Куди я йду? Чому я відчуваю, що моє життя кардинально зміниться після досвіду на горі? Крім голосів, здається, що я один на дорозі. Чи може бути так, що інші письменники відчували те саме, що йде священними стежками? Я думаю, що моя містика буде не схожа ні на яку іншу. Я повинен продовжувати; Я повинен подолати і витримати всі перешкоди. Шипи, які травмують моє тіло, надзвичайно небезпечні для людей. Якщо я пережив це сходження, то вже вважатиму себе переможцем.

Крок за кроком я ближче до вершини. Я вже за кілька футів від нього. Піт, що біжить по моєму тілу, здається, вмурований священними ароматами гори. Я трохи зупиняюся. Чи будуть хвилюватися мої близькі? Ну, це насправді зараз не має значення. Тепер я мушу подумати про себе, щоб дістатися до вершини гори. Від цього залежить моє майбутнє. Ще кілька кроків, і я приходжу на вершину. Де холодний вітер, змучені голоси бентежать мої міркування і я погано себе почуваю. Голоси кричать:

"Йому це вдалося; він буде нагороджений! "Він взагалі гідний? " Як йому вдалося піднятися на всю гору? Я розгублений і паморочиться в голові; Я не думаю, що у мене все добре.

Птахи плачуть, а промені сонця пестить моє обличчя у всій повноті. Де я? Мені здається, ніби я напився напередодні. Я

ПРОТИБОРЧІ СТОРОНИ

відображають вигляд гори. Стежка добігає кінця і перероджується в два різних шляхи. Що робити? Я йшов годинами, і мої сили, здається, вичерпалися. Я сідаю хвилинку, щоб відпочити. Два шляхи і два варіанти. Скільки разів у житті ми стикаємося з такими ситуаціями, як ця; Підприємець, якому доводиться вибирати між виживанням компанії або звільненням деяких співробітників; Бідна мати глибинок у північно-східній частині Бразилії, якій доводиться вибирати, кого з її дітей годувати; Невірний чоловік, який повинен вибирати між дружиною і коханкою; Так чи інакше, в житті багато ситуацій. Моя перевага в тому, що мій вибір торкнеться тільки мене. Мені потрібно стежити за своєю інтуїцією, як рекомендувала жінка.

Я встаю, і вибираю шлях праворуч. Крім того, я роблю великі успіхи на цьому шляху, і мені не потрібно багато часу, щоб побачити ще одну галявину. Цього разу я стикаюся з басейном з водою і деякими тваринами навколо нього. Вони остигають самі в прозорій і прозорій воді. Як мені діяти далі? Нарешті я знайшов воду, але в ній повно тварин. Я раджуся зі своїм серцем, і це говорить мені про те, що кожен має право на воду. Крім того, я не міг просто застрелити їх і позбавити їх також. Природа дає велику кількість ресурсів для виживання свого народу. Я лише одна з ниток у мережі, яку вона плете. Я не перевершую те, що вважаю себе Господарем цього. Руками я тягнуся до води і наливаю її в маленький горщик, який приніс з дому. Перша частина виклику виконана. Тепер я повинен знайти їжу.

Я продовжую ходити, по стежці, сподіваючись знайти, що поїсти. Живіт гарчить, оскільки вже минуло полудень. Починаю дивитися в сторони стежки. Можливо, їжа знаходиться всередині лісу. Як часто ми шукаємо найлегший шлях, але не той, який веде до успіху? (Не кожен альпініст, який йде стежкою, першим досягає вершини гори). Ярлики швидко приведуть вас до мети. З цією думкою я залишаю слід і незабаром після цього знаходжу банан і кокосову пальму. Саме від них я і отримаю свою їжу. Я повинен піднятися на них з тією ж силою і вірою, на яку я піднявся на гору. Пробую один, два, три рази. Крім того, мені це вдається. Зараз я повернуся до хатини, бо виконав перший виклик.

Другий виклик

Приїхавши до своєї хатини, я знаходжу охоронця гори, який здається блискучим, ніж будь-коли. Її очі ніколи не відхиляються від моїх власних. Я думаю, що я винятковий для Бога. Я завжди відчуваю його присутність. Він всіляко воскрешає мене. Коли я був безробітним, Він відчинив двері; коли у мене не було можливості професійна зростати, Він дав мені нові шляхи; коли під час кризи Він звільнив мене від пут сатани. Так чи інакше, цей погляд схвалення з боку дивної жінки нагадав мені про чоловіка, якого я був до недавнього часу. Моєю нинішньою метою була перемога, незалежно від перешкод, які мені довелося подолати.

"Отже, ви виграли перший виклик. Вітаю тебе. (Вигукнула жінка). Перший виклик мав на меті дослідити свою мудрість і свою здатність приймати рішення та ділитися ними. Ці два шляхи уособлюють "протиборчі сили", які правлять Всесвітом (добро і зло). Людина абсолютно вільна у виборі будь-якого шляху. Якщо хтось вибере шлях праворуч, то буде освітлений завдяки ангелам у всі моменти свого життя. Це був шлях, який ви обрали. Однак це непростий шлях. Часто на вас нападають сумніви, і ви будете замислюватися, чи вартий взагалі цей шлях. Люди світу завжди будуть скривджені і скористаються вашою доброю волею. Більш того, впевненість, яку ви вкладаєте в інших, майже завжди буде вас розчаровувати. Коли ви засмучуєтеся, пам'ятайте: Ваш Бог сильний, і він ніколи не кине вас. Ніколи не дозволяйте багатству чи пожадливості збочити ваше серце. Ви особливі і через вашу цінність Бог вважає вас, свого сина. Ніколи не падайте від цієї благодаті. Шлях зліва належить кожному, хто повстав на Господній поклик. Всі ми народжуємося з божественною місією. Однак деякі відхиляються від нього матеріалізмом, поганими впливами, зіпсуттям серця. Ті, хто обирає шлях ліворуч, не закінчуються приємним майбутнім, навчав нас Ісус. Кожне дерево, яке не дає добрих плодів, буде викорчувано і кинуто у зовнішню темряву. Це доля поганих людей, тому що Господь справедливий. Того разу, коли ви знайшли водяну яму і тих жалюгідних тварин, ваше серце заговорило голосніше. Слухайте це завжди, і ви далеко зайдете. Дар ділитися сяяв на вас у той момент, і ваше духовне зростання було дивовижним. Мудрість, яку ви допомогли вам знайти їжу. Найпростіший шлях не завжди правильний для проходження. Я думаю, що зараз ви готові до другого виклику. Через три дні ви вийдете зі своєї хатини і будете шукати факт. Дійте відповідно до своєї совісті. Якщо ви пройдете, ви перейдете до третього і останнього виклику.

"Дякую, що супроводжували мене весь цей час. Я не знаю, що мене чекає в печері, і я не знаю, що зі мною станеться. Ваш внесок для мене критично важливий. З тих пір, як я піднявся на гору, я відчуваю, що моє життя змінилося. Я спокійніший і впевненіший у тому, чого хочу. Я виконаю другий виклик.

"Дуже добре. Я побачу вас через три дні.

Сказавши це, дама знову зникла. Вона залишила мене одного в тиші вечора разом з цвіркунами, комарами та іншими комахами.

Привид гори

Над горою випадає ніч. Я запалюючи вогонь, і його тріск заспокоює моє серце. Минуло два дні відтоді, як я піднявся на гору, і мені це досі здається таким чужим. Мої думки блукають і приземляються в дитинстві: Жарти, страхи, трагедії. Я добре пам'ятаю той день, коли переодягнувся в індіанця: з луком, стрілами і томагавком. Тепер я опинився на священній горі, саме через смерть таємничого корінного жителя (Людини-медика племені). Я мушу придумати щось інше, бо страх заморожує мою душу. Оглушливі шуми оточують мою хатинку, і я поняття не маю, що і хто вони. Як людина долає свій страх з такої нагоди? Відповідай мені, читачу, бо я не знаю. Гора мені досі невідома.

Шум рухається все ближче, і мені нікуди тікати. Виходити з хатини було б нерозумно, бо мене могли поглинути люті звірі. Мені доведеться зіткнутися з тим, що б це не було. Шум припиняється і з'являється світло. Це змушує мене ще більше лякатися. З приливом мужності я вигукую:

"Для Бога, хто там?

Голос, відповідає:

"Я відважний воїн, якого печера відчаю зруйнувала. Відмовтеся від своєї мрії, інакше у вас буде така ж доля. Я був маленьким корінним чоловіком із села в межах нації Сюкуру. Я прагнув бути головним вождем свого племені і бути сильнішим за лева. Отже, я дивився на священну гору, щоб досягти своїх цілей. Я переміг у трьох випробуваннях, які мені нав'язав охоронець гори. Однак, увійшовши в печеру, мене поглинув її вогонь, який розтрощив моє серце і мої цілі. Сьогодні мій дух страждає і безнадійно прилипає до цієї гори. Послухай мене, інакше у тебе буде така ж доля.

Мій голос завмер у горлі і на мить я не міг відповісти мученому духу. Він залишив після себе притулок, їжу, тепле сімейне середовище. У мене в печері залишилося два виклики, печера, які могли б здійснити неможливе. Я б не відмовився легко від своєї мрії.

"Слухай мене, хоробрий воїне. Печера не творить дрібних чудес. Якщо я тут, то це з благородної причини. Я не передбачаю матеріальні блага. Моя мрія виходить за рамки цього. Хотілося б розвивати себе професійна і духовно. Коротше кажучи, я хочу працювати, займаючись тим, що мені подобається, відповідальна заробляти гроші і робити свій внесок своїм талантом до кращого Всесвіту. Я не відмовляюся від своєї мрії так легко.

Привид відповів:

ПРОТИБОРЧІ СТОРОНИ

"Ви знаєте печеру і її пастки? Ви не що інше, як бідний юнак, який не знає про надзвичайну небезпеку на шляху, яким він іде. Опікун - шарлатан, який обманює вас. Вона хоче вас розорити.

Наполягання привидам мене дратувало. Чи знав він мене випадково? Бог, у своїй милості, не допустив би моєї невдачі. Бог і Діва Марія завжди були фактично поруч зі мною. Свідченням цього були різні явлення Богородиці протягом усього мого життя. У «Видінні медіума» (книзі, яку я ще не видавав) описана сцена, де я сиджу на лавці на площі, птахи і вітер, що агітує мене, і я глибоко замислюся про світ і життя в цілому. Раптом з'явилася постать жінки, яка, побачивши мене, запитала:

"Ти віриш у Бога, сину мій?

Я негайно відповів:

"Звичайно, і з усім моїм єством.

Вмить вона поклала руку мені на голову і покоялася:

"Нехай Бог слави прокриє вас світлом і дарує вам багато дарів.

Сказавши це, вона пішла геть, і коли я це зрозумів, вона вже не була поруч з мною. Вона просто зникла.

Це було перше явлення Богородиці в моєму житті. Знову, переодягнувшись жебраком, вона підійшла до мене з проханням про якісь зміни. За її словами, вона фермерка і ще не вийшла на пенсію. Охоче я дав їй кілька монет, які були в кишені. Отримавши гроші, вона подякувала мені, і коли я зрозумів це, вона зникла. На горі, в ту мить, у мене не було ні найменшого сумніву, що Бог любить мене і що він поруч з мною. Тому я відповів примарі з певною грубістю.

"Я не буду прислухатися до ваших порад. Я знаю свої межі і свою віру. Відійди! Ідіть переслідувати будинок або що-небудь. Залиш мене у спокої!

Згасла світло, і я почув шум кроків, що виходили з хатини. Я був вільний від привидам.

вирішальний день

Минуло три дні з моменту другого виклику. Це був п'ятничний ранок, ясний, сонячний і яскравий. Сьогодні вранці я споглядав обрій, коли підійшла дивна жінка.

"Ви готові? Шукайте незвичайну подію в лісі і дійте за своїми принципами. Це ваше друге випробування.

"Гаразд, три дні я чекав цього моменту. Я думаю, що я готовий.

Поспішаючи, я прямую до найближчої стежки, яка дає вихід до лісу. Мої кроки йшли майже в музичній каденції. Яким був цей другий виклик? Тривога заволоділа мною, і мої кроки прискорилися в пошуках невідомої мети. Прямо попереду виринула галявина на стежці, де вона розійшлася і відокремилася. Але коли я туди потрапив, на мій подив, біфуркація зникла, і я натомість переглядав таку сцену: хлопчика, якого тягнув дорослий, плакав уголос. Емоція взяла мене під контроль при наявності несправедливості, і тому я вигукнув:

"Відпусти хлопчика! Він менший за вас і не може його захистити.

"Я не буду! Я ставлюся до нього так, тому що він хоче уникнути роботи.

"Ти, чудовисько! Маленьким хлопчикам не обов'язково потрібно працювати. Вони повинні вчитися і бути добре освіченими. Відпустіть його!

"Хто мене зробить, ти?

Я повністю проти насильства, але в цей момент моє серце попросило мене відреагувати перед цим шматком сміття. Дитину слід відпустити.

Обережно я відштовхнув хлопчика від грубіяна, а потім почав бити чоловіка. Сволота зреагувала і завдала мені кількох ударів. Один з них влучив у мене в точку-холосту. Світ закрутився, і сильний, проникаючий вітер вторгся в усю мою істоту: Білі і сині хмари разом зі стрімкими птахами вторглися в мій розум. За мить здавалося, що все моє тіло пливе по небу. Слабкий голос покликав мене здалеку. В іншу мить було так, ніби я проходжу крізь двері, одна за одною як перешкоди. Двері були добре замкнені, і для їх відчинення знадобилося чимало зусиль. Кожна двері давала доступ або до кімнат відпочинку, або до святилищ, по черзі. У першій вітальні я знайшов молодих людей, одягнених у біле, зібраних за столом, на якому, в центрі, була відкрита Біблія. Це були діви, обрані для царювання в майбутньому світі. Сила виштовхнула мене з кімнати, і коли я відчинив другі двері, я опинився в першому святилищі. На краю вівтаря спалювалися садистські палиці з проханнями бідняків Бразилії. З правого боку священик молився вголос і раптом почав повторювати: Провидець! Провидець! Провидець! Поруч з ним були дві жінки з білими сорочками. На них було написано: Можливий сон. Все почало темніти, і коли я отримав підшипники, мене витягли люто і з такою швидкістю, що у мене трохи запаморочилося. Я відчинив треті двері, і цього разу знайшов зустріч людей: пастора, священика, буддиста, мусульманина, спіритуаліста, євреяі представника африканських релігій. Вони були влаштовані по колу і в центрі був вогонь і його полум'я окреслило назву: «Союз народів і шляхи до Бога». Зрештою, вони обнялися і покликали мене до групи. Вогонь рушив з центру, приземлився на мою руку і намалював слово "учнівство". Вогонь був чистим світлом і не горів. Група розпалався, вогонь загс, і мене знову виштовхнули з кімнати, де я відчинив четверті двері. Друга святиня була порожня, і я підійшов до вівтаря. Я став навколішки в пошані до Блаженного Таїнства, взяв папір, що лежав на підлозі, і написав своє прохання. Я склав папір і поклав його до ніг зображення. Голос, який був далеко, поступово ставав все чіткішим і різкішим. Я вийшов зі святилища, відчинив двері і нарешті прокинувся. Біля мене був хранитель гори.

"Отже, ви не спите. Вітаємо! Ви виграли виклик. Другий виклик мав на меті дослідити вашу здатність до себе та дії. Два шляхи, які представляли собою «Протиборчі сили», стали одним цілим, а це означає, що ви повинні пройти правою стороною, не забуваючи про знання, які у вас будуть при зустрічі з лівими. Ваше ставлення врятувало дитину, хоча йому це не знадобилося. Вся ця сцена була моєю власною ментальною проекцією, щоб оцінити вас. Ви застосували правильний підхід. Більшість людей при зіткненні зі сценами несправедливості вважають за краще не заважати. Бездіяльність є серйозним гріхом, і людина стає спільником кривдника. Ви віддали від себе, як це зробив для нас Ісус Христос. Це урок, який ви будете брати з собою все життя.

"Дякую, що привітали мене. Я завжди діяв би на користь тих, кого виключили. Що мене бентежить, так це духовний досвід, який я мав раніше. Що це означає? Чи не могли б ви мені пояснити, будь ласка?

"Ми всі маємо здатність проникати в інші світи через думку. Це те, що називається астральним подорожжю. Є деякі фахівці, які стосуються цього питання. Те, що ви побачили, має бути пов'язане з майбутнім вашої чи іншої людини, ви ніколи не знаєте.

"Я розумію. Я піднявся на гору, виконав перші два випробування і, мабуть, зростав духовно. Думаю, що незабаром я буду готовий зіткнутися з печерою відчаю. Печера, яка творить чудеса і робить мрії більш глибокими.

"Ви повинні виконати третій, і я вам скажу, що це завтра. Дочекайтеся інструкцій.

"Так, генерале. Я буду з тривогою чекати. Це Дитя Боже, як ви мене називали, здригається, і приготує суп на потім. Вас запрошують, мем.

"Чудово. Я люблю суп. Я буду використовувати це на свою користь, щоб познайомитися з вами ближче.

Дивна дама відійшла і залишила мене наодинці зі своїми думками. Я пішла шукати в лісі інгредієнти для супу.

Молода дівчина

Гора вже потемніла, коли суп був готовий. Холодний вітер ночі і шум комахи роблять навколишнє середовище все більш сільським.

ПРОТИБОРЧІ СТОРОНИ

Дивна дама ще не прийшла в хатину. Я сподіваюся, що до моменту її приходу все буде в порядку. Я куштую суп: Це дійсно було добре, хоча у мене не було всіх необхідних приправ. Крім того, я трохи виходжу за межі хатини і споглядаю небеса: Зірки є свідками моїх зусиль. Я піднявся на гору, знайшов її охоронця, виконав два виклики (один важчий за інший), зустрів привидам і досі стою. "Бідні більше прагнуть до своїх мрій". Я дивлюся на розташування зірок і їх світність. Кожен має своє значення у великому Всесвіті, в якому ми живемо. Так само важливі і люди. Вони білі, чорні, багаті, бідні, релігії А, або релігії В, або будь-якої системи вірувань. Всі вони діти з одним і тим же батьком. Я також хочу зайняти своє місце в цьому Всесвіті. Я мисляча істота без обмежень. Крім того, я думаю, що сон безцінний, але я готовий заплатити за нього, щоб увійти в печеру відчаю. Я ще раз споглядаю небеса, а потім повертаюся до хатини. Я не здивувався, знайшовши там опікуна.

"Ви давно тут? Я не усвідомлював.

" Ви були настільки зосереджені в спогляданні небес, що я не хотів порушувати чари моменту. Крім того, я почуваюся як вдома.

"Відмінно. Сядьте на цю імпровізовану лавку, яку я зробив. Я буду подавати суп.

З супом, ще гарячим, я подавав дивну даму в баштанні, яку знайшов у лісі. Вітер, що шмагав ночами, пестив моє обличчя і шепотів мені на вухо слова. Хто була тією дивною дамою, якій я служив? Цікаво, чи справді вона хотіла мене знищити, як натякав привид. У мене було багато сумнівів щодо неї, і це була чудова можливість їх очистити.

"Чи добре суп? Я готувала його з великою обережністю.

"Це чудово! Що ви використовували для його приготування?

"Він зроблений з каменів. Жартую! Я купила птицю у мисливця і використовувала кілька природних приправ з лісу. Але, змінюючи тему, хто ви насправді?

"Це показує хорошу гостинність для ведучого, щоб спочатку поговорити про себе. Минуло чотири дні відтоді, як ви прибули сюди на вершину гори, і я навіть не впевнений, як тебе звати.

"Дуже добре. Але це довга історія. Готуйтеся. Мене звуть Альдіван Тейшейра Торрес, і я викладаю математику на рівні коледжу. Дві мої великі пристрасті - це література і математика. Я завжди був любителем книг, і з тих пір, як я був мінімальним, я хотів написати одну зі своїх. Коли я навчався на першому курсі середньої школи, то зібрав кілька уривків з книг, мудрості та прислів'їв. Я був задоволений, незважаючи на те, що тексти не були моїми. Я показував усім, з великою гордістю. Крім того, я закінчив середню школу, пройшов комп'ютерний курс і на деякий час перестав вчитися. Після цього я спробував технічний курс у місцевому коледжі. Однак я зрозумів, що це не моє поле на знак долі. Мене готували до стажування за цим напрямком. Однак за день до випробування дивна сила вимагала безперервно, щоб я здався. Чим більше часу минало, тим більший тиск я відчував від цієї сили, поки не вирішив не здавати тест. Тиск стиха, і моє серце теж заспокоїлося. Я думаю, що саме доля змусила мене не йти. Ми повинні поважати наші межі. Я зробив кілька тендерів, був затверджений, і в даний час обіймаю посаду адміністративного помічника освіти. Три роки тому я отримав ще один знак долі. У мене були деякі проблеми, і в кінцевому підсумку у мене стався нервовий зрив. Я почав потім писати, і за короткий час це допомогло мені вдосконалюватися. Результатом стала книга "Бачення медіума", яку я ще не видавав. Все це показало мені, що я вміла писати і маю гідну професію. Ось що я думаю: я хочу працювати, займаючись тим, що мені подобається, і хочу бути щасливою. Невже це забагато, щоб бідна людина могла запитати?

"Звичайно, ні, Алдиван. У вас є талант, і це рідкість у цьому світі. У потрібний момент у вас все вийде. Переможцями стають ті, хто вірить у свої мрії.

ПРОТИБОРЧІ СТОРОНИ

"Я вірю. Ось чому я перебуваю тут посеред нізвідки, куди ще не прибули товари цивілізації. Я знайшов спосіб піднятися на гору, подолати виклики. Все, що залишилося зараз, - це щоб я увійшов у печеру і здійснив свої мрії.

"Я тут, щоб допомогти вам. Я був хранителем гори з тих пір, як вона стала священною. Моя місія полягає в тому, щоб допомогти всім мрійникам, які шукають печеру відчаю. Деякі прагнуть здійснити матеріальні мрії, такі як гроші, влада, соціальна показність або інші егоїстичні мрії. Всі поки що зазнали невдачі, і їх було не мало. Печера справедлива з виконанням бажань.

Розмова тривала жваво деякий час. Я поступово втрачав до неї інтерес, як дивний голос кликав мене з хатини. Щоразу, коли цей голос кликав мене, я відчував себе змушеним вийти з цікавості. Треба було їхати. Я хотів знати, що означає цей дивний голос у моїх думках. Лагідно я попрощався з жінкою і вирушив у вказаний голосом напрямок. Що мене чекає? Продовжимо разом, читачу.

Ніч була холодна, і наполегливий голос залишився в моїй свідомості. Між нами був якийсь дивний зв'язок. Я вже пройшов кілька футів за межами хатини, але, здавалося, це були милі від втоми, яку відчувало моє тіло. Настанови, які я подумки отримав, керували мною в темряві. Суміш втоми, страху перед невідомістю і цікавості контролювала мене. Чий це був дивний голос? Чого вона хотіла зі мною? Гора і її таємниці... З тих пір, як я познайомився з горою, я навчився поважати її. Опікун і її таємниці, виклики, з якими мені довелося зіткнутися, зустріч з привидом; все це стало особливим. Вона не була найвищою на північному сході і навіть не найбільш вражаючою, але була священною. Міфи про знахаря і мої мрії привели мене до цього. Я хочу виграти всі виклики, увійти в печеру і зробити своє прохання. Я буду зміненою людиною. Крім того, я вже не буду тільки мною, а буду тією людиною, яка подолала печеру і її вогонь. Добре пам'ятаю слова опікуна, щоб не надто довіряти. Я пам'ятаю слова Ісуса, який сказав:

" Той, хто повірив у Мене, матиме вічне життя.

Пов'язані з цим ризики не змусять мене відмовитися від своїх мрій. Саме з цією думкою я все більш вірний. Голос стає сильнішим і сильнішим. Я думаю, що я приїжджаю до місця призначення. Прямо спереду я бачу хатинку. Голос каже мені йти туди.

Хатина і її освітлюючи багаття знаходяться в просторому, рівному місці. Молода, висока, худорлява дівчина з темним волоссям смажить на вогні тип закуски.

"Отже, ви приїхали. Я знав, що ви відповісте на мій заклик.

"Хто ти такий? Що ти від мене хочеш?

"Я ще один мрійник, який хоче увійти в печеру.

"Які особливі сили ви маєте, щоб закликати мене своїм розумом?

"Це телепатія, дурна. Хіба ви не знайомі з цим?

"Я чув про це. Чи не могли б ви мене навчити?

"Ти колись навчишся, але не у мене. Скажи мені, який сон вас сюди приводить?

"Перш за все, мене звуть Альдіван. Я піднявся на гору в надії знайти свої протиборчі сили. Вони визначать мою долю. Коли хтось зможе контролювати свої протиборчі сили, він зможе творити чудеса. Це те, що мені потрібно, щоб здійснити свою мрію працювати в сфері, яка мені подобається, і разом з цим я змушу мріяти багато душ. Я хочу зайти в печеру не тільки для мене, але і для всього Всесвіту, який надав мені ці дари. У мене буде своє місце на світі, і саме так я буду щасливий.

"Мене звуть Надя. Я житель узбережжя штату Пернамбуко. У своїй землі я чув розмови про цю чудотворну гору та її печеру. Відразу мені стало цікаво здійснити подорож сюди, хоча я думав, що все лише легенда. Я зібрав свої речі, поїхав, прибув до Мімосо і піднявся на гору. Я зірвав деспот. Тепер, коли я тут, я піду в печеру і виконаю своє бажання. Я буду великою Богинею, прикрашеною силою і багатством. Мені все послужить. Ваша мрія просто дурна. Навіщо просити трохи, якщо ми можемо мати світ?

"Ви помиляєтеся. Печера не творить дрібних чудес. Ви зазнаєте невдачі. Опікун не дозволить вам увійти. Щоб увійти в печеру, ви повинні виграти три виклики. Я вже підкорив два етапи. Скільки ви виграли?

"Які німі, виклики і опікуни. Печера поважає тільки найсильніших і впевнених у собі. Я завтра зроблю свої бажання і ніхто мене не зупинить, чуєте?

"Ви знаєте найкраще. Коли ви пошкодуєте про це, буде вже пізно? Ну, я думаю, що я піду. Мені потрібен відпочинок, тому що вже пізно. Що стосується вас, то я не можу побажати вам удачі в печері, тому що ви хочете бути більшими за самого Бога. Коли люди досягають цієї точки, вони знищують себе.

"Нісенітниця, ви всі слова. Ніщо не змусить мене повернутися до свого рішення.

Побачивши, що вона непохитна, я здався, жаліючи її. Як люди можуть ставати такими дріб'язковими щоразу? Людина гідна лише тоді, коли бореться за праведні та егалітарні ідеали. Йдучи стежкою, я пам'ятав часи, коли мене скривдили, чи то через погано позначену експертизу, чи навіть від зневаги інших. Це робить мене нещасним. Крім того, моя сім'я абсолютно проти моєї мрії і не вірить у мене. Боляче. Одного разу вони побачать розум і побачать, що сни можуть бути можливими. У цей день я заспіваю свою перемогу і прославлю Творця. Він дав мені все і тільки вимагав від мене ділитися своїми дарами, тому що, як сказано в Біблії, не запалюйте лампадку і не кладіть її під стіл. Навпаки, поставите його зверху, щоб усі аплодували і були просвітлені. Стежка обривається, і тут же я бачу хатину, яка коштувала мені стільки поту для побудови. Мені потрібно лягти спати, тому що завтра ще один день, і у мене є плани на мене і на світ. На добраніч, читачі. До наступного розділу...

Тремор

Починається новий день. З'являється світло, вітерець ранку пестить моє волосся, птахи, комахи влаштовують торжество, і рослинність ніби відроджується. Це відбувається щодня. Я натираю очі, вмиваю обличчя, чистюк зуби і приймаю ванну. Це моя рутина перед сніданком. Ліс не пропонує ні переваг, ні варіантів. Я до цього не звикла. Мама зіпсувала мене до такої міри, що подала мені каву. Я їм сніданок мовчки, але щось тяжіє над моїм розумом. Яким буде третій і останній виклик? Що буде зі мною в печері? Є стільки питань без відповідей, у мене паморочиться голова. Ранок прогресує, і разом з ним так само робляться мої серцебиття, страхи і озноб. Ким я був зараз? Звичайно, не те саме. Я піднявся на священну гору, шукаючи долі, про яку навіть не знав. Я знайшов опікуна і відкрив для себе нові цінності, а світ, більший, ніж я коли-небудь уявляв, існував раніше. Крім того, я виграв два виклики, і тепер мені довелося зіткнутися лише з третім. Охолоджуючий третій виклик, який був далеким і невідомим. Листя навколо хатини рухаються щоразу злегка. Я навчився розуміти природу і її сигнали. Хтось наближається.

"Здрастуйте! Ти там?

Я стрибнув, змінив напрямок свого погляду і споглядав загадкову постать опікуна. Вона здається щасливішою і навіть байдужнішою, незважаючи на свій видимий вік.

"Я тут, як бачите. Які новини ви принесли для мене?

"Як ви знаєте, сьогодні я приходжу оголосити ваш третій і останній виклик. Він відбудеться на сьомий ваш день тут, на горі, тому що це максимальний час, коли смертний може залишитися тут. Він простий і складається з наступного: Убий першого чоловіка або звіра, з яким стикаєшся, покинувши свою хатинку в той же день. В іншому випадку ви не матимете права увійти в печеру, яка задовольняє вам ваші найглибші бажання. Що ви скажете? Хіба це непросто?

"Як так? Убивати? Чи схожий я на вбивцю?

"Це єдиний спосіб для вас увійти в печеру. Готуйтеся, тому що є всього два дні і...

Землетрус магніт удою 3,7 за шкалою Ріхтера трясе всю вершину гори. Тремор викликає у мене запаморочення, і я думаю, що я знепритомнію. На думку спадає все більше думок. Я відчуваю, як моя сила виснажується, і відчуваю наручники, які силою захищають мої руки і ноги. Швидко я бачу себе рабом, що працює на полях, де домінують пани. Я бачу кайдани, кров і чую крики моїх супутників. Я бачу багатство, гордість і зраду полковників. Крім того, я також бачу крик свободи і справедливості для пригноблених. О, як світ несправедливий! Поки одні виграють, інші залишаються гнити, забуваються. Наручники ламаються. Я частково вільний. Мене досі дискримінують, ненавидять і ображають. Крім того, я все ще бачу зло білих людей, які називають мене "Нігером". Я все ще відчуваю себе неповноцінним. Знову чую крики крику, але тепер голос ясний, різкий і відомий. Тремор зникає і потроху я приходжу до тями. Хтось мене піднімає. Ще трохи зухвало, я вигукую:

"Що сталося?

Опікун, у сльозах, здається, не може знати відповіді.

"Сину мій, печера щойно зруйнувала ще одну душу. Будь ласка, виграйте третій виклик і переможуть це прокляття. Всесвіт змовляється заради вашої перемоги.

"Я не знаю, як перемогти. Тільки світло творця може висвітлити мої думки і мої вчинки. Я гарантую, що не збираюся легко відмовлятися від своїх мрій.

"Я довіряю вам і тій освіті, яку ви отримали. Удачі тобі, Дитя Боже! Скоро побачимось!

Сказавши це, дивна дама відійшла і розчинилася в клубку диму. Тепер я був один і мені потрібно було підготуватися до фінального виклику.

За день до останнього виклику

Минуло шість днів відтоді, як я піднявся на гору. Весь цей час викликів і переживань змусив мене сильно зростати. Я можу легше зрозуміти природу, себе та інших. Природа марширує в такт і протиставляється претензіям людей. Ми засновуємо ліси, забруднюємо води, виділяємо гази в атмосферу. Що ми з цього отримуємо? Що насправді має для нас значення, гроші чи наше виживання? Наслідки бувають: Глобальне потепління, зменшення флори і фауни, стихійні лиха. Хіба людина не бачить, що в цьому вся її вина? Ще є час. Є час для життя. Зробіть свій внесок: економите воду та енергію, переробляйте відходи, не забруднюйте навколишнє середовище. Вимагайте від вашого уряду взяти на себе зобов'язання щодо екологічних проблем. Це найменше, що ми можемо зробити для себе і для світу. Повертаючись до своєї пригоди, як тільки я піднявся на гору, я краще зрозумів свої бажання і свої межі. Я розумів, що сни стають можливими тільки в тому випадку, якщо вони благородні і праведні. Печера справедлива, і якщо я виграю третій виклик, це здійснить мою мрію. Коли я виграв перший і другий виклики, я прийшов краще зрозуміти бажання інших. Більшість людей мріють мати багатство, соціальний престиж і високий рівень командування. Вони вже не бачать, що краще в житті: професійний успіх, любов і щастя. Що робить людину винятковою, так це її якості, які просвічують її роботу. Влада, багатство і соціальна показність нікого не роблять щасливими. Це те, що я шукаю на священній горі: Щастя і повний домен "протиборчих сил". Мені потрібно трохи вийти на вулицю. Крок за кроком мої ноги ведуть мене за межі хатини, яку я побудував. Сподіваюся на знак долі.

Сонце нагрівається, вітер міцніє, і ніяких знаків не з'являється. Як я виграю третій виклик? Як я буду жити з невдачею, якщо не зможу здійснити свою мрію? Я намагаюся зрушити негативні думки з розуму, але страх сильніший. Ким я був перед тим, як піднятися на гору? Молода людина, абсолютно невпевнена в собі, боїться зіткнутися зі світом і його людьми. Молода людина, яка одного разу боролася в суді за свої права, але вони не були надані. Майбутнє показало мені, що це було найкраще. Час від часу ми перемагаємо, програючи. Життя навчило мене цьому. Навколо мене верещать якісь птахи. Здається, вони розуміють мою стурбованість. Завтра

ПРОТИБОРЧІ СТОРОНИ

буде новий день, сьомий на вершині гори. Моя доля ризикує цим третім викликом. Моліться, читачі, щоб я переміг.

Третій виклик

З'являється новий день. Температура приємна, а небо блакитне у всій своїй неосяжності. Ліниво встаю, потираючи сонні очі. Настав великий день, і я до нього готовий. Перед чим-небудь мені потрібно приготувати свій сніданок. З інгредієнтами, які мені вдалося знайти напередодні, його не буде так мало. Готую каструлю і починаю тріскатися, відкриваючи апетитні курячі яйця. Товстий бризкає і мало не б'є мені в очі. Скільки разів у житті інші, здається, завдавали нам болю своїми тривогами? Я снідаю, трохи відпочиваю і готую свою стратегію. Третій виклик, здається, не легкий. Вбивати для мене немислимо. Ну, навіть незважаючи на це, мені доведеться з цим протистояти. З цією постановою я починаю ходити, і незабаром виїжджаю з хатини. Третій виклик починається тут, і я готуюся до нього. Я беру першу стежку і починаю ходити. Дерева біля дороги стежки широкі з глибоким корінням. Що насправді я шукаю? Успіх, перемога і досягнення. Однак я не буду робити нічого, що суперечить моїм принципам. Моя репутація стоїть перед славою, успіхом і владою. Третій виклик мене турбує. Вбивство для мене є злочином, навіть якщо це тільки тварина. З іншого боку, я хочу увійти в печеру і зробити своє прохання. Це являє собою дві "протиборчі сили" або "протилежні шляхи".

Я залишаюся на шум і молюся, щоб нічого не знайшов. Хто знає, можливо, третій виклик був би відхилений. Я не думаю, що опікун був би таким щедрим. Правила повинні дотримуватися всі. Я трохи зупиняюся і не можу повірити сцені, яку бачу: оцелот і його три дитинчата, що граються навколо мене. Ось і все. Я не буду вбивати матір трьох дитинчат. У мене немає серця. Прощавай, успіх, прощавай печера відчаю. Досить мрій. Я не завершив третій виклик і йду. Я повернуся в свій будинок і до своїх близьких. Поспішно я повертаюся до каюти, щоб зібрати валізи. Я не завершую третій виклик.

Кабіна знесена. У чому сенс всього цього? Рука легенько торкається мого плеча. Я озираюся назад і бачу опікуна.

"Вітаю тебе, дорогий! Ви виконали виклик і тепер маєте право увійти в печеру відчаю. Ви перемогли!

Сильні обійми, які вона надала мені, потім ще більше розгубилися. Що говорила ця жінка? Мій сон і печеру все-таки можна було знайти? Я в це не вірив.

"Що ви маєте на увазі? Я не завершив третій виклик. Подивіться на мої руки: вони чисті. Я не буду забруднювати своє ім'я кров'ю.

"Хіба ти не знаєш? Чи вважаєте ви, що божа дитина була б здатна на таке злодіяння, як те, про що я запитав? Я не сумніваюся, що ви досить гідні, щоб реалізувати свої мрії, хоча їм може знадобитися деякий час, щоб стати реальністю. Третій виклик ретельно оцінив вас, і ви продемонстрували безумовну любов до Божих створінь. Це найважливіше для людини. Ще одне: тільки чисте серце пережив печеру. Тримайте своє серце і свої думки чистими, щоб подолати його.

"Дякую, Боже! Дякую тобі, життя, за цей шанс. Обіцяю вас не розчаровувати.

Емоції заволоділи мною так, як ніколи раніше я піднявся на гору. Чи була печера здатна творити чудеса? Я збирався це з'ясувати.

Печера відчаю

Після перемоги в третьому челенджі я був готовий увійти в страшну печеру відчаю, печеру, яка реалізує нездійсненні мрії. Я був ще одним мрійником, який збирався спробувати щастя. З тих пір, як я піднявся на гору, я вже не був таким, як раніше. Тепер я був упевнений у собі і в чудовому Всесвіті, який тримав мене. Попередні обійми, які дала мені дивна жінка, також залишили мене більш розслабленим. Тепер вона була поруч з мною, всіляко підтримуючи мене. Це була та підтримка, яку я так і не отримала від своїх близьких. Моя нерозлучна валіза знаходиться під рукою. Настав час мені попрощатися з тією горою та її таємницями. Виклики, охоронець, привид, молода дівчина і сама гора, яка, здавалося, була жива, всі вони допомогли мені вирости. Я був готовий піти і зіткнутися з страшною печерою. Опікун поруч з мною і буде супроводжувати мене в цій подорожі до входу в печеру. Ми йдемо, тому що сонце вже спускається до горизонту. Наші плани знаходяться в повній гармонії. Рослинність навколо стежки, якою ми подорожували, і шум тварин роблять навколишнє середовище дуже сільським. Мовчання опікуна протягом усього курсу, здається, віщує небезпеки, які огороджує печера. Ми трохи зупиняємося. Голоси гори, здається, хочуть мені щось сказати. Я користуюся цією нагодою, щоб порушити тишу.

"Чи можу я щось запитати? Що це за голоси, які мене так мучать?

"Ви чуєте голоси. Цікавий. Священна гора має магічну здатність возз'єднувати всі омріяні серця. Ви можете відчути ці магічні вібрації та інтерпретувати їх. Однак не звертайте на них особливої уваги, оскільки вони можуть привести вас до невдачі. Намагайтеся концентруватися на власних думках і їх активності буде менше. Будь обережний. Печера може виявити ваші слабкі сторони і використовувати їх проти вас.

"Я обіцяю подбати про себе. Я не знаю, що мене чекає в печері, але я вірю, що духи, що осяють мені допоможуть. На кану моя доля, і певною мірою доля решти світу теж.

"Гаразд, ми достатньо відпочили. Давайте продовжимо ходити, тому що до заходу сонця не буде багато часу. Печера повинна знаходитися приблизно за чверть милі звідси.

Гуркіт кроків відновлюється. Чверть милі відокремила мою мрію від її здійснення. Ми знаходимося на західній стороні вершини гори, де вітри все сильніше. Гора і її таємниці... Думаю, що я ніколи не дізнаюся про це до кінця. Що спонукало мене піднятися на нього? Обіцянка неможливого стає можливою і моїм авантюристом, і скаутськими інстинктами. Що було можливо, і повсякденна рутина вбивали мене. Тепер я відчував себе живим і готовим долати виклики. Печера наближається. Я вже бачу його вхід. Це здається імпозантним, але я не сумую. Цілий ряд думок вторгається в усе моє єство. Мені потрібно контролювати свої нерви. Вони могли вчасно мене зрадити. Опікун сигналізує зупинитися. Я слухаюся.

"Це найближче, що я можу дістатися до печери. Добре слухай, що я скажу, бо не повторюю: Перед входом моліться одному Отцеві нашому за ангела-хранителя твого. Це захистить вас від небезпек. При вході дійте з обережністю, щоб не потрапити в пастки. Проїхавши головну доріжку печери, певну кількість часу, ви зіткнетеся з трьома варіантами: Щастя, Невдача і страх. Виберіть щастя. Якщо ви виберете невдачу, ви залишитеся бідним божевільним, який раніше мріяв. Якщо ви вирішите боятися, ви повністю втратите себе. Щастя дає доступ ще до двох сценаріїв, які мені невідомі. Пам'ятайте: тільки чисте серце може вижити в печері. Будьте мудрими і виконуйте свою мрію.

"Я розумію. Настав момент, коли я чекав відтоді, як піднявся на гору. Спасибі тобі, опікуну, за все твоє терпіння і завзяття зі мною. Я ніколи не забуду ні тебе, ні моменти, які ми провели разом.

Муки заволоділи моїм серцем, коли я попрощався з нею. Тепер це був тільки я і печера, поєдинок, який змінив би історію світу і мою власну. Я дивлюся прямо на нього і дістаю свій ліхтарик з валізи, щоб освітити стежку. Я готовий вступити. Мої ноги здаються застиглими перед цим велетнем. Мені потрібно зібратися з силами, щоб продовжити шлях. Я бразилець і ніколи, ніколи не здаюся. Крім того, я роблю свої перші кроки, і у мене є легке відчуття, що мене хтось супроводжує. Крім того, я думаю, що я винятковий для Бога. Він ставиться до мене так, ніби я його син. Мої кроки починають прискорюватися, і, нарешті, я входжу в печеру. Початкове захоплення приголомшує, але мені потрібно бути обережним через пастки. Вологість повітря висока, а холод інтенсивний. Сталактити і сталагміти заповнюють практично всюди навколо мене. Я пройшов близько п'ятдесяти ярдів, і озноб починає давати мені мурашки по всьому тілу. Все, що я пережив перед сходженням на гору, починає приходити мені в голову: і приниження, і несправедливість, і заздрість інших. Здається, що кожен з моїх ворогів знаходиться в тій печері, чекаючи найкращого часу, щоб напасти на мене. Ефектним стрибком я долаю першу пастку. Вогонь печери мало не пожирав мене. Наді не так пощастило. Чіпляючись за сталактит зі стелі, який дивом витримав мою вагу, мені вдалося вижити. Мені потрібно спуститися і продовжити свій шлях до невідомого. Мої кроки прискорюються, але з обережністю. Більшість людей поспішають, поспішають на перемогу або на досягнення цілей. Фантастична спритність щойно врятувала мене від другої пастки. Незліченні списи були приспущені до мене. Один з них підійшов так близько, щоб почухати мені обличчя. Печера хоче мене знищити. Відтепер я повинен бути обережнішим. Минуло приблизно годину відтоді, як я увійшов у печеру, і досі, я не прийшов до того, про що говорив опікун. Я повинен бути поруч. Мої кроки тривають, прискорюються, і серце подає попереджувальний знак. Іноді ми не звертаємо уваги на ознаки, які дає наш організм. Саме тоді трапляються невдачі і розчарування. На щастя, для мене це не так. Я чую дуже гучний шум, що доноситься в мій бік. Починаю бігти. За кілька хвилин я розумію, що мене переслідує велетенський камінь, що перекидається з величезною швидкістю. Я біжу деякий час і різким рухом можу відійти від скелі, знайшовши притулок збоку печери. Коли камінь проходить, передня частина печери закривається, а потім прямо попереду з'являються три двері. Вони уособлюють щастя, невдачу і страх. Якщо я виберу невдачу, я ніколи не буду нічим іншим, як бідним божевільним, який колись мріяв стати письменником. Люди будуть жаліти мене. Якщо я вирішую боятися, я ніколи не виросту і не буду відомий світу. Я міг вдаритися об кам'яне дно і втратити себе назавжди. Якщо я виберу щастя, я продовжу свою мрію і перейду до другого сценарію.

Є три варіанти: Двері вправо, вліво і один посередині. Кожен з них представляє один з варіантів: щастя, невдача або страх. Я повинен зробити правильний вибір. Я навчився з часом долати свої страхи: страх темряви, страх залишитися на самоті і страх перед невідомим. Крім того, я не боюся ні успіху, ні майбутнього. Страх повинен являти собою двері праворуч. Невдача є наслідком поганого планування. Я кілька разів зазнавав невдачі, але це не змусило мене відмовитися від своїх цілей. Невдача повинна послужити урком для подальшої перемоги. Несправність повинна представляти двері зліва. Нарешті, середні двері повинні являти собою щастя, тому що праведники не повертаються ні вправо, ні вліво. Праведність завжди щаслива. Я збираюся з силами і вибираю двері посередині. Після його відкриття у мене є достатній доступ до кімнати відпочинку, а на даху написано назву Щастя. У центрі знаходиться ключ, який дає доступ до інших дверей. Я справді мав рацію. Я виконав перший крок. Це залишає мене ще двома. Я отримую ключ і пробую його в двері. Він ідеально підходить. Я відчиняю двері. Це дає мені доступ до нової галереї. Я починаю спускатися по ньому. Безліч думок заполонює мій розум: Якими будуть нові пастки, з якими я повинен зіткнутися? До якого сценарію мене приведе ця галерея? Є багато питань без відповідей. Я продовжую ходити, і моє дихання стає напруженим, тому що повітря стає все більш дефіцитним. Я вже пройшов близько десятої милі, і я повинен залишатися уважним. Крім того, я чую шум і падаю на землю, щоб захистити себе. Це шум маленьких кажанів, які стріляють навколо мене. Чи будуть вони смоктати мою кров? Чи є вони м'ясоїдними тваринами? На щастя для мене, вони зникають на просторах галереї. Я бачу обличчя, і моє тіло тремтить, це привид? Ні. Це плоть і кров, і вона йде на мене, готова до боротьби. Це один з ніндзя-священиків печери. Починається боротьба. Він дуже швидкий і намагається вдарити мене у вирішальне місце. Я намагаюся уникнути його нападів. Я відбиваюся деякими кроками, які навчився дивитися фільми. Стратегія працює. Це його лякає, і він трохи відходить назад. Він

ПРОТИБОРЧІ СТОРОНИ

завдає удару у відповідь своїми бойовими мистецтвами, але я до цього готовий. Я вдарив його по голові скелею, яку підібрав у печері. Він падає без свідомості. Я абсолютно проти насильства, але в даному випадку це було строго необхідно. Хотілося б перейти до другого сценарію і відкрити для себе таємниці печери. Крім того, я знову починаю ходити, і я залишаюся уважним і захищаю себе від будь-яких нових пасток. При низькій вологості де вітер, і мені стає комфортніше. Я відчуваю течії позитивних думок, надісланих Стражем. Печера ще більше темніє, перетворюючись. Віртуальний лабіринт показує себе прямо попереду. Ще одна з пасток печери. Вхід лабіринту проглядається чудово. Але де вихід? Як увійти і не загубитися? У мене тільки один варіант: перетнути лабіринт і ризикнути. Я нарощую свою сміливість і починаю робити перші кроки до входу в лабіринт. Моліться, читачу, щоб я знайшов вихід. Я не маю на увазі жодної стратегії. Я думаю, що я повинен використовувати свої знання, щоб вивести мене з цього безладу. З мужністю і вірою заглиблююся в лабіринт. Це здається більш заплутаним зсередини, ніж зовні. Його стінки широкі і обертаються зигзагами. Я починаю згадувати моменти в житті, коли опинився загубленим, наче в лабіринті. Смерть батька, такого молодого, стала справжнім ударом у моєму житті. Час, який я провів безробітним і не вчився, також змусив мене відчути себе загубленим, ніби в лабіринті. Зараз я опинився в такій же ситуації. Я продовжую ходити, і, здається, немає кінця лабіринту. Ви коли-небудь відчували відчай? Саме так я себе почував, абсолютно відчайдушно. Тому вона має назву печера відчаю. Я збираю останню частинку сил і встаю. Мені потрібно знайти вихід за будь-яку ціну. Остання ідея вражає мене; Я дивлюся до стелі і бачу багато кажанів. Я піду за одним з них. Я назву його "чарівником". Чарівник зміг би підкорити лабіринт. Це те, що мені потрібно. Кажан летить з величезною швидкістю, і я повинен не відставати від цього. Добре, що я фізично підтягнутий, майже спортсмен. Я бачу світло в кінці тунелю, а ще краще - в кінці лабіринту. Я врятований.

Кінець лабіринту привів мене до дивної сцени в галереї печери. Кімната з дзеркал. Я обережно ходжу, борячись щось зламати. Я бачу своє відображення в дзеркалі. Хто я зараз? Бідний молодий мрійник збирається відкрити для себе свою долю. Я виглядаю особливо стурбованим. Що це все означає? Стіни, стеля, підлога, все складається зі скла. Я торкаюся поверхні дзеркала. Матеріал настільки крихкий, але вірно відображає аспект самого себе. Миттєво в трьох дзеркалах з'являється виразне зображення: дитина, молода людина, яка тримає труну, і старий. Вони всі - це я. Це бачення? Дійсно, у мене є такі дитячі аспекти, як чистота, невинність і віра в людей. Сумніваюся, що хочу позбутися від цих якостей. П'ятнадцятирічний юнак уособлює болісну фазу в моєму житті: втрату батька. Незважаючи на його жорсткі і відсторонені шляхи, він був моїм батьком. Я досі пам'ятаю його з ностальгією. Літній чоловік уособлює моє майбутнє. Як це буде? Чи буду я успішним? Одружений, неодружений або навіть овдовів? Я відчуваю, що краще було б не бути бунтівником і не ображати старого. Досить з цими образами. Моє сьогодення зараз. Я молодий чоловік двадцяти шести років, зі ступенем математики, письменник. Я вже не дитина, і не п'ятнадцятирічний хлопець, який втратив батька. Крім того, я також не старий. У мене попереду моє майбутнє , і я хочу бути щасливим. Я не є жодним із цих трьох образів. Крім того, я сам. При ударі три дзеркала, в яких з'явилися особини, ламаються і з'являються двері. Це мій вступ до третього і останнього сценарію.

Я відкриваю двері, які дають доступ до нової галереї. Що мене чекає в третьому сценарії? Разом продовжимо далі, читачу. Я починаю ходити, і моє серце прискорюється так, ніби я все ще перебуваю в першій сцені. Я подолав багато викликів і підводних каменів і вже вважаю себе переможцем. На мою думку, я шукаю спогади про минуле, коли грав у маленьких печерах. Зараз ситуація зовсім інша. Печера величезна і повна пасток. Мій ліхтарик майже мертвий. Я продовжую ходити, і прямо попереду з'являється нова пастка: Дві двері. "Протиборчі сили" кричать

ПРОТИБОРЧІ СТОРОНИ

всередині мене. Необхідно зробити новий вибір. На думку спадає одне з випробувань, і я пам'ятаю, як у мене була сміливість його подолати. Я вибрав шлях праворуч. Однак ситуація інша, тому що я перебуваю всередині темної, вогкої печери. Я зробив свій вибір, але також починаю згадувати слова опікуна, який говорив про навчання. Мені потрібно познайомитися з двома силами, щоб мати повний контроль над ними. Крім того, я вибираю двері зліва. Я відкриваю його повільно; борячись того, що це може приховувати. Відкриваючи його, я споглядаю видіння: я перебуваю всередині святині, наповненої зображеннями святих з чашею на вівтарі. Чи може це бути Святий Гаральд, втрачена чаша Христа, яка дає вічну молодість тим, хто з нього п'є? У мене тремтять ноги. Імпульсивно я біжу до чаші і починаю з неї пити. Вино смакує небесне, богів. У мене паморочиться голова, світ крутиться, ангели співають і здригаються майданчики печери. У мене перше видіння: я бачу єврея на ім'я Ісус разом зі своїми апостолами, який зцілює, звільняє і навчає нового погляду своєму народові. Крім того, я бачу всю траєкторію його чудес і його любові. Я також бачу зраду Юди і Диявола, що діють за його спиною. Нарешті я бачу Його воскресіння і славу. Я чую голос, який каже мені: Зробіть своє прохання. Лунаючи від радості, я вигукую, що хочу стати Провидцем!

Диво

Незабаром після мого прохання святиня тремтить, наповнюється димом, і я чую змінені голоси. Те, що вони розкривають, абсолютно таємно. З чаші піднімається невеликий вогонь і приземляється в моїй руці. Його світло проникає і освітлює всю печеру. Стіни печери перетворюються і поступаються місцем з'являються маленьким дверима. Він відкривається і сильний вітер починає штовхати мене до нього. На думку спадають усі мої зусилля: моя відданість навчанню, те, як я досконало дотримувався Божих законів, сходження на гору, виклики і навіть саме цей уривок у

| 35 |

печеру. Все це принесло мені дивовижне духовне зростання. Тепер я була готова бути щасливою і здійснювати свої мрії. Страшна печера відчаю змусила мене зробити своє прохання. Я пам'ятаю також у цей піднесений момент усіх тих, хто прямо чи опосередковано сприяв моїй перемозі: мою вчительку початкових класів місіс Сокором, яка навчила мене читати і писати, моїх вчителів життя, моїх шкільних і робочих друзів, мою сім'ю і опікуна, які допомогли мені подолати виклики і цю саму печеру. Сильний вітер постійно штовхає мене до дверей, і незабаром я опиниться всередині таємної камери.

Сила, яка мене штовхнула, нарешті припиняється. Двері зачиняються. Я перебуваю в гігантській камері, яка висока і темна. З правого боку - маска, свічка і Біблія. Зліва - накидка, квиток і розп'яття. У центрі, високо, знаходиться цікавий на вигляд круглий апарат із заліза. Я йду до правого боку: надягаю маску, хапаю свічку і відкриваю Біблію на випадкову сторінку. Я йду в бік лівого боку: надягаю накидку, пишу своє ім'я і псевдонім на квитку, а іншою рукою закріплюю розп'яття. Крім того, я йду до центру, і я позиціоную себе точно нижче апарату. Відразу ж коло світла випромінюється пристроєм і огортає мене повністю. Я відчуваю запах пахощів, які горять щодня, згадуючи великих мрійників: Мартіна Лютера Кінга, Нельсона Мандалу, матір Терезу, Франциска Слизького та Ісуса Христа. Моє тіло вібрує і починає плавати. Мої почуття починають прокидатися і разом з ними я можу глибше розпізнати почуття і наміри. Мої дари зміцнюються і разом з ними я можу творити чудеса в часі і просторі. Коло все більше замикається, і кожне почуття провини, нетерпимості і страху стирається з мого розуму. Я майже готовий: починає з'являтися послідовність видінь і бентежити мене. Нарешті коло гасне. Миттєво відкривається послідовність дверей, і з моїми новими подарунками я можу чудово бачити, відчувати і чути. Починають з'являтися крики персонажів, які бажають проявитися, виразні часи і місця, а значущі питання починають роз'їдати моє серце. Розпочато завдання стати ясновидицею.

ПРОТИБОРЧІ СТОРОНИ

Вихід з печери

З усім виконаним, все, що залишилося тепер, - це щоб я покинув печеру і здійснив свою справжню подорож. Моя мрія була виконана і тепер її просто потрібно було привести до роботи. Я починаю ходити і, не маючи часу, залишаю після себе таємну палату. Я відчуваю, що жодна інша людина ніколи не матиме задоволення увійти в неї. Печера відчаю більше ніколи не буде такою ж після того, як я залишу переможним , впевненим у собі і щасливим. Повертаюся до третього сценарію: образи святих залишаються недоторканими і, здається, задоволені моєю перемогою. Чашка впала і висохла. Вино було смачним. Я спокійно прокладаю свій шлях навколо третього сценарію і відчуваю атмосферу місця. Вона дійсно така ж священна, як печера і гора. Я кричу від радості, і вироблене відлуння простягається по печері. Світ вже не буде колишнім після Провидця. Я зупиняюся, думаю і всіляко споглядаю себе. З останнім прощальним поцілунком я залишаю третій сценарій і повертаюся до тих самих дверей зліва, які вибрав. Шлях Провидця не буде легким, тому що буде складно повністю контролювати протиборчі сили серця, а потім доведеться навчати цьому інших. Шлях зліва, який був моїм варіантом, являє собою знання і безперервне навчання, будь то прихованими силами, покаянням або самою смертю. Прогулянка стає вичерпною, оскільки печера вслика, темна і дуже волога. Виклик Провидця може бути більшим, ніж я усвідомлюю: виклик примирення сердець, життів і почуттів. Це ще не все: мені ще належить подбати про свій шлях. Галерея стає вузькою, а разом з нею і мої думки. Мої почуття туги за домом сплеску, а також ностальгія за математикою і власним особистим життям. Нарешті, настає ностальгія за мною. Я поспішаю зі своїми кроками, і незабаром я перебуваю в другому сценарії. Розбиті дзеркала тепер уособлюють ті частини мого розуму, які збереглися і розширилися: добрі почуття, чесноти, дари і здатність розпізнавати, коли я помилився. Сценарій дзеркал відображає мою душу. Це самопізнання я буду брати з собою все життя. Досі в мій пам'яті зберігаються фігурки дитини, молодого п'ятнадцятирічного і літнього чоловіка. Це три з моїх численних облич, які я зберігаю, тому що це моя історія. Я залишаю другий сценарій, а разом з ним залишаю свої спогади. Я перебуваю в галереї, яка веде до першого сценарію. Мої очікування від майбутнього і моя надія відновлюються. Я Провидець, розвинена і особлива істота, якій судилося змусити мріяти багато душ. Пост-печерний період послужить навчанням і вдосконаленням вже існуючих навичок. Я йду трохи далі і ловлю погляд на лабіринт. Цей виклик мене майже зруйнував. Моїм порятунком став Чарівник, кажан, який допоміг мені знайти вихід. Тепер він мені вже не потрібен, бо своїми ясно видними силами я можу легко пройти повз нього. Я маю дар керівництва в п'яти площинках. Як часто ми відчуваємо себе так, ніби загубилися в лабіринті: Коли ми втрачаємо роботу; Коли ми розчаровані великою любов'ю нашого життя; Коли ми кидаємо виклик авторитету нашого начальства; Коли ми втрачаємо надію і здатність мріяти; Коли ми перестаємо бути підмайстрами життя і коли втрачаємо здатність керувати своєю долею? Пам'ятайте: Всесвіт схиляє людину, але саме ми повинні піти на це і довести, що ми гідні. Це те, що я зробив. Я піднявся на гору, виконав три завдання, увійшов у печеру, переміг її пастки і дістався до місця призначення. Я проходжу через лабіринт, і це не робить мене таким щасливим, оскільки я вже виграв виклик. Крім того, я маю намір шукати нові горизонти. Так само, крім того, я пройшов близько двох миль між таємною камерою, другим і третім сценаріями, і з цим усвідомленням я відчуваю себе трохи втомленим. Я відчуваю, як піт стікає вниз; Також я відчуваю тиск повітря і низьку вологість. Я підходжу до ніндзя, мого великого супротивника. Він все ще здається нокаутованим. Мені шкода, що я так ставився до вас, але на кану стояла моя мрія, моя надія і моя доля. Потрібно приймати важливі рішення у важливих ситуаціях. Страх, сором і мораль тільки стають на заваді замість того, щоб допомагати. Я пестив його обличчя і намагаюся відновити життя в його тілі.

ПРОТИБОРЧІ СТОРОНИ

Я поводжуся таким чином, тому що ми вже не противники, а супутники цього епізоду. Він піднімає і з глибоким поклоном вітає мене. Все залишилося позаду: боротьба, наші "протиборчі сили", наші різні мови і наші виразні цілі. Ми живемо в ситуації, відмінній від попередньої. Ми можемо говорити, розуміти один одного, а хто знає, можливо, навіть дружити. Таким чином, з'явилося наступне прислів'я: Зробіть зі свого ворога затятого і вірного друга. Нарешті він обіймає мене, прощається і бажає удачі. Відповідаю взаємністю. Він і далі буде складати частину таємниці печери, а я буду частиною таємниці життя і світу. Ми "протиборчі сили", які знайшли один одного. Це моя мета в цій книзі: возз'єднати "протиборчі сили". Я продовжую ходити по галереї, яка дає доступ до першого сценарію. Я почуваюся впевнено і абсолютно спокійно, на відміну від того, коли вперше зайшов у печеру. Страх, темрява і непередбачене все налякали мене. Три двері, які означали щастя, страх і невдачу, допомогли мені розвиватися і розуміти відчуття речей. Невдача уособлює все, від чого ми тікаємо, не знаючи чому. Невдача завжди повинна бути моментом навчання. Це точка, в якій людина виявляє, що вона не досконала, що шлях все ще не прокреслений, і це момент реконструкції. Це те, що ми повинні робити завжди: відроджуйтеся. Візьмемо, наприклад, дерева: Вони втрачають листя, але не життя. Давайте будемо такими, якими вони є ходячі метаморфози. Цього вимагає життя. Страх присутній щоразу, коли ми відчуваємо загрозу або пригнічення. Це відправна точка для нових невдач. Подолайте свої страхи і відкрийте для себе, що вони існують тільки у вашій уяві. Я висвітлив добру частину галереї печери і саме в цю мить проходжу через двері щастя. Кожен може пройти через ці двері і переконати себе в тому, що щастя існує і може бути досягнуто, якщо ми повністю згодні з Всесвітом. Це відносно просто. Робітник, муляр, двірник із задоволенням виконує їхні місії; Хлібороб, плантатор цукрової тростини, ковбой всі із задоволенням збирають продукт своєї праці; учитель у викладанні та навчанні; письменник у написанні та читанні; священик, який проголошує божественну звістку, і нужденні діти, сироти і жебраки щасливі, отримуючи слова прихильності і турботи. Щастя знаходиться в нас і очікує постійного відкриття. Щоб бути по-справжньому щасливими, ми повинні забути ненависть, плітки, невдачі, страх і сором. Я продовжую ходити, і я бачу всі пастки, якими мені керували, і дивуюся, з чого складаються люди, якщо у них немає вірувань, шляхів чи доль. Ніхто з них не пережив би пастки, тому що у них немає захисної сітки, світла або сили, яка б їх підтримувала. Людина - ніщо, якщо вона одна. Він робить щось із себе лише тоді, коли пов'язаний з силами людства. Він може зробити своє місце тільки в тому випадку, якщо знаходиться в повній гармонії з Всесвітом. Ось що я відчуваю зараз: у повній гармонії, тому що я піднявся на гору, я виграв три виклики і обіграв печеру, печеру, яка здійснила мою мрію. Моя прогулянка наближається до кінця, тому що я бачу світло, що йде від входу в печеру. Незабаром я вийду з нього.

Возз'єднання з Опікуном

Я виходжу з печери. Небо блакитне, сонце сильне, а вітер північно-західний. Я починаю споглядати весь зовнішній світ і розуміти, наскільки прекрасним і великим насправді є Всесвіт. Я відчуваю себе важливою частиною цього, тому що я піднявся на гору, я виконав три виклики, був випробуваний печерою і переміг. Крім того, я також відчуваю себе трансформованим у всіх відношеннях, тому що сьогодні я вже не просто мрійник, а провидець, благословенний дарами. Печера справді здійснила диво. Чудеса трапляються щодня, але ми цього не усвідомлюємо. Братський жест, дощ, який воскрешає життя, милостиню, впевненість, народження, справжню любов, комплімент, несподівану, віру, що рухає гори, удачу і долю; все це уособлює диво, яким є життя. Життя щедре.

Я продовжую споглядати екстер'єр, абсолютно в захваті. Я пов'язаний зі Всесвітом, а він і зі мною. Ми єдині з однаковими цілями, надіями та переконаннями. Я настільки зосереджений, що мало що помічаю, коли крихітна рука торкається мого тіла. Я залишаюся в своєму особливому і унікальному духовному спогаді, поки легкий дисбаланс, викликаний кимось, не збиває мене з моєї осі. Крім того, я звертаюся до запитання, і бачу хлопчика і опікуна. Я думаю, що вони були поруч з мною вже досить давно, і я цього не усвідомлював.

"Отже, ви пережили печеру. Вітаємо! Я сподівався, що ви це зробите. Серед усіх воїнів, які вже намагалися увійти в печеру і здійснити свої мрії, ви були найбільш здібними. Однак ви повинні знати, що печера - це лише один крок серед багатьох, з якими ви зіткнетеся в житті. Знання - це те, що дасть вам справжню силу, і це те, що ніхто не зможе відібрати у вас. Завдання запущено. Я тут, щоб допомогти вам. Дивіться тут, я привів вас цією дитиною, щоб супроводжувати вас у вашій справжній подорожі. Він буде дуже допомагати. Ваша місія полягає в тому, щоб возз'єднати «протиборчі сили» і змусити їх приносити плоди в інший час. Комусь потрібна твоя допомога, і тому я пошлюб тебе.

"Дякую. Печера дійсно здійснила мою мрію. Тепер я Провидець, і я готовий до нових викликів. Що це за справжня подорож? Хто це той, хто потребує моєї допомоги? Що зі мною буде?

"Питання, питання, моя люба. Відповім на одну з них. Зі своїми новими силами ви зробите поїздку назад у часі, щоб спотворити несправедливість і допомогти комусь знайти себе. Решту ви відкриєте для себе самі. У вас є рівно тридцять днів, щоб виконати цю місію. Не витрачайте свій час даремно.

"Я розумію. Коли я можу поїхати?

"Сьогодні. Час тисне.

Тим не менш, опікун передав мені дитину і дружньою попрощався. Що мене чекає в цій поїздці? Чи може бути так, що Провидець дійсно може виправити несправедливість? Я думаю, що всі мої сили знадобляться, щоб добре працювати в цій поїздці.

Прощання з горою

Гора дихає повітрям спокою і спокою. З тих пір, як я приїхав сюди, я навчився поважати це. Я думаю, що це також допомогло мені масштабувати його, подолати виклики і увійти в печеру. Це справді було налякано. Так сталося через смерть таємничого шамана, який уклав дивний пакт з силами Всесвіту. Він обіцяв віддати своє життя в обмін на відновлення миру в своєму племені. Протягом століть в регіоні панував Сюкуру. У той час їх племена перебували в стані війни через хитрість чаклуна з північного племені. Він жадав влади і тотального контролю над племенами. Їхні плани також включали світове панування з їхніми темними мистецтвами. Так почалася війна. Південне плем'я помстилося, почалися напади і смерть. Весь народ Сюкуру опинився під загрозою зникнення. Тоді шаман півдня воззʼєднав свої сили і уклав пакт. Південне плем'я виграло суперечку, чарівника вбили, шаман заплатив ціну свого заповіту, і мир був відновлений. З тих пір гора Ороруба стала священною.

Я все ще перебуваю на краю печери, аналізуючи ситуацію. У мене є місія, яку потрібно виконати, і хлопчик, за яким потрібно доглядати, хоча я сам ще не батько. Крім того, я аналізую хлопчика з ніг до голови, і відразу це усвідомлюю. Це та сама дитина, яку я намагався врятувати від пазурів того жорстокого чоловіка. Мені здається, що він німий, тому що я ще не чую, як він говорить. Я намагаюся порушити тишу.

"Синку, твої батьки погодилися дозволити тобі подорожувати зі мною? Слухай, я тебе візьму тільки в тому випадку, якщо це буде строго необхідно.

"У мене немає сім'ї. Мама померла три роки тому. Після цього батько подбав про мене. Однак наді мною так знущалися, що я вирішив втекти. Опікун піклується про мене зараз. Пам'ятайте, що вона сказала: я вам потрібен у цій подорожі.

"Вибачте. Скажи мені: як твій батько жорстоко поводився з тобою?

"Він змусив мене працювати дванадцять годин на день. Їжі було обмаль. Мені не дозволяли грати вчитися або навіть заводити друзів. Він часто бив мене. Крім того, він ніколи не давав мені ніякої прихильності, яку повинен давати батько. Отже, я вирішив втекти.

"Я розумію ваше рішення. Незважаючи на те, що ви дитина, ви дуже мудрі. Ви більше не будете страждати з цим чудовиськом батька. Я обіцяю добре піклуватися про вас у цій подорожі.

"Бережіть мене? Сумніваюся.

"Як тебе звати?

"Ренато. Саме таке ім'я вибрав для мене опікун. Раніше у мене не було ні прізвища, ні будь-яких прав. Що твоє?

"Альдіван. Але ви можете назвати мене Провидцем або Дитям Божим.

"Гаразд. Коли ми підемо, Провидець?

"Скоро. Тепер мені потрібно попрощатися з горою.

Жестом я подав сигнал, щоб Ренато супроводжував мене. Я б кружляв по всіх стежках і гірських кутах перед від'їздом в невідоме місце призначення.

Подорож назад у часі

Я щойно попрощався з горою. Це було важливо в моєму духовному зростанні і сприяло моєму знанню. У мене будуть хороші спогади про це: Його затишна вершина, де я виконала виклики, зустріла опікуна і де увійшла в печеру. Я не можу забути привидам, молоду дівчину чи дитину, яка тепер мене супроводжує. Вони були важливими у всьому процесі, тому що змушували мене розмірковувати і критикувати себе. Вони сприяли моєму пізнанню світу. Тепер я був готовий до нового виклику. Час гори закінчився, печера також, і тепер я повернуся в минуле. Що мене чекає? Чи буде у мене багато пригод? Тільки час покаже. Я збираюся покинути вершину гори. Я беру з собою свої очікування, сумку, мої речі і хлопчика, який не відпустить мене. Зверху я бачу вулицю і її вміст в селі Мімосо. Він виглядає маленьким, але для мене це важливо, тому що саме там я піднявся на гору, виграв виклики, увійшов у печеру і зустрів опікуна, привидам, молоду дівчину і хлопчика. Все це було важливим для мене, щоб стати Провидцем. Провидець, людина, яка змогла зрозуміти найбільш заплутані серця і перевершити час і відстань, щоб допомогти іншим. Рішення було прийнято. Я б пішов.

Я міцно беру дитину за руку і починаю концентруватися. Б'є холодний вітер, трохи нагрівається сонце і починають діяти голоси гори. Потім внизу я чую слабкий голос, що кличе на допомогу. Я зосереджуюся на цьому голосі і починаю використовувати свої сили, щоб спробувати його знайти. Це той самий голос, який я чув у печері відчаю. Це голос жінки. Я можу створити навколо себе коло світла, щоб захистити нас від наслідків подорожей у часі. Я починаю прискорювати нашу швидкість. Ми повинні досягти швидкості світла, щоб пробити часовий бар'єр. Тиск повітря поступово збільшується. У мене паморочиться голова, губляться і розгублюються. На мить я посягаю на світи і площини, паралельні нашим власним. Я бачу несправедливі суспільства і тиранів, як у своїх. Я бачу світ духів і спостерігаю за тим, як вони працюють у досконалому плануванні нашого світу. Мало того, я бачу вогонь, світло, темряву і завіси диму. Тим часом наша швидкість розганяється ще більше. Ми близькі до того, щоб перевищити швидкість світла. Світ повертається і на мить я бачу себе в старій китайській імперії, що працює на фермі. Проходить ще одна секунда, і я перебуваю в Японії, подаючи закуски імператору. Швидко я змінюю локації, і я перебуваю в ритуалі, в Африка, на сеансі поклоніння орішин. Я продовжую постійно переживати життя у своїй пам'яті. Швидкість збільшується ще більше, і за мить ми досягли екстазу. Світ перестає обертатися, коло розформовується, і ми падаємо на землю. Подорож назад у часі була завершена.

ПРОТИБОРЧІ СТОРОНИ

Де я?

Я прокидаюся і розумію, що я один. Що сталося з Ренато? Чи може бути так, що він не пережив подорож у часі? Ну, це було все, що я міг зробити висновок в той момент. Чекати? Де я? Я не знаю цього місця. Немає землі, немає неба, і це повний вакуум. Трохи далі від того місця, в якому я перебуваю, я сприймаю зустріч людей в процесії, всіх одягнених в чорне. Я підходжу до них, щоб з'ясувати, про що йдеться. Я не люблю перебувати в невідомих місцях на самоті. Підійшовши ближче, я розумію, що це не зовсім процесія, а похорон. Труна стоїть в самому центрі, який підтримують три людини. Я піднімаюся до одного з присутніх.

"Що відбувається? Чиє це поховання?

"Те, що ховається, - це віра і надія цих людей.

"Що? Як?

Не маючи змоги це зрозуміти, я йду з похорону. Що робили ці божевільні люди? Наскільки я знав, ви ховали мертвих, а не почуття. Віра і надія ніколи не повинні бути поховані, навіть якщо це безвихідна ситуація. Поховання зникає на горизонті. З'являється сонце і на вершині рівнини можна побачити інтенсивне світло. Світло проникає і поглинає все моє єство. Я забуваю про всі біди, печалі і страждання. Це бачення Творця, і я відчуваю себе абсолютно розслабленим і впевненим у його присутності. У літаку нижче тіньовий сплеск і разом з ним лиходії. Видіння темряви озлоблює мене. Дві окремі рівнини являють собою "протиборчі сили", з якими людина постійно стикається у Всесвіті. Я на боці добра і буду наполегливо працювати над тим, щоб воно завжди переважало. Дві рівнини зникають з мого бачення, і тепер зі мною залишається лише порожній простір. З'являється земля, сяє синьо-небесне і в одну мить прокидаюся, ніби все було не що інше, як сон.

Перші враження

Справжнє пробудження залишає мене в доброму гуморі. Поїздка в часі, здається, вдалася. Біля мене, ще спаюючи, я знаходжу Ренато, який здається, ніби йому дуже сподобалася подорож. Де я? Через кілька хвилин я дізнаюся. Я ретельно споглядаю це місце, і воно виглядає знайомим. Гори, рослинність, рельєф, все однаково. Чекати. Дещо інше. Село вже не здається таким, як раніше. Будинки, які зараз існують, розкинулися з одного боку в інший, якщо їх зібрати воєдино підряд, складали б не більше однієї вулиці. Я розумію, що сталося: ми подорожували в часі, але не в космосі. Мені потрібно спуститися з гори, щоб поспостерігати за всім цим. Крім того, я підходжу до Ренато і починаю його трясти. Ми не можемо витрачати час на затримки, тому що у нас є рівно тридцять днів, щоб допомогти тому, з ким я досі навіть не зустрічався. Ренато тягнеться і неохоче починає спускатися зі мною з гори. Я не думаю, що він ще не подолав битву подорожей у часі. Він ще дитина і потребує моєї опіки.

Ми спустилися на значну частину маршруту, і Мімосо наближається все частіше. Вже зараз ми бачимо дітей, які граються на вулиці, обновниць зі своїми мішками на сусідній греблі, молодь спілкується на маленькій місцевій площі. Що нас чекає? Цікаво, кому потрібна допомога. Всі ці відповіді будуть отримані в книзі. Щось виділяється на небі Мімосо: Темні хмари наповнюють все навколишнє середовище. Що це означає? Мені доведеться про це дізнатися. Наші кроки прискорюються, і ми знаходимося десь за сто ярдів від села. На півночі розташований височенний, стильний і красивий будинок. Вона повинна служити резиденцією для когось важливого. На заході серед будинків виділяється чорний замок. Страшно просто за зовнішнім виглядом. Нарешті ми приїжджаємо. Ми знаходимося в центральному регіоні, де розташована більшість будинків. Мені потрібно знайти готель для відпочинку, тому що поїздка була довгою і стомлюючою. Мої сумки важко важать на руках. Я розмовляю з одним із мешканців, який розповідає мені, де я можу його знати. Це трохи південніше від того місця, де ми були. Ми виїжджаємо туди їхати.

Готель

Подорож з того місця, де ми були, до тих пір, поки готель не був здійснений мирно. За нами лише трохи спостерігали люди, яких ми зустрічали. Серед цих людей виділялися деякі фігури: жінка з капелюхом в стилі Кармен Міранда, хлопчик зі слідами батога на спині і сумна дівчинка в супроводі трьох сильних чоловіків, які виявилися її охоронцями. Всі вони поводилися дивно так, ніби це село не було якоюсь звичайною громадою. Ми перед готелем. Зовні його можна описати так: Одноповерхова, цегляна резиденція, площею приблизно 1600 квадратних футів з будинковим, перевернутим, V-подібним дахом. Вікно і вхідні двері дерев'яні і покриті химерними шторами. Є невеликий сад, де ростуть квіти різного роду. Це був єдиний готель в Мімосо, тому нам повідомили. По сусідству, всього за кілька метрів, стояла заправка. Я намагався знайти дзвіночок, але не зміг. Я пам'ятав, що ми, мабуть, були в більш давні часи і до того ж були в тій сільській місцевості, куди ще не прийшли наступи цивілізації. Рішення, на яке слід звернути увагу, полягало в тому, щоб використовувати старий метод крику, який пробуджує навіть завзятих глухих.

"Здрастуйте! Хтось там?

Незабаром двері скріплять і таким чином з'являється постать ставної жінки близько шістдесяти років зі світлими очима і рудим волоссям. Вона була худорлява, мала почервонілі щоки, і, аналізуючи своє обличчя, вона просто трохи засмучена.

"Що це за шум у моєму закладі? У вас немає манер?

"Вибачте, але це був єдиний спосіб, який я міг побачити, щоб привернути вашу увагу. Ви власник готелю? Нам знадобиться житло на тридцять днів. Я буду платити вам щедра.

"Так, я є власником цього готелю вже більше тридцяти років. Мене звуть Кармен. У мене є лише одна кімната. Вам цікаво? Готель не розкішний, але пропонує хорошу їжу, друзів, регулярне проживання та певні сімейні умови.

"Так, ми приймемо. Ми втомилися, оскільки у нас була довга поїздка. Відстань звідси до столиці становить приблизно сто сорок миль.

"Ну, тоді кімната твоя. Договірні основи ми з'ясуємо далі. Прошу. Заходьте і розслабтеся. Зробіть себе вдома.

Проходимо по саду, який дає доступ до під'їзду. Хороший відпочинок і хороша їжа дійсно могли б перекомпонувати наші сили. Ця дама, яка відповіла нам і за якою тепер ми пішли, була справді дуже приємною. Перебування в готелі було б не таким одноманітним. Коли у неї було трохи часу, ми могли поговорити і краще пізнати один одного. Крім того, мені довелося з'ясувати, кому мені доведеться допомогти і які виклики мені довелося подолати, щоб возз'єднати "протиборчі сили". Це стало ще одним кроком у моїй еволюції як ясновидиці.

Двері відчиняє Кармен, і ми входимо в невелику кімнату з меблями, характерно облягаючи поточний час і прикрашеними картинами епохи Відродження. Атмосфера дійсно дуже знайома. На лавці з правого боку сидять троє людей. Молодий чоловік, приблизно двадцяти років, стрункий, чорні очі і волосся і дуже гарний на вигляд; Чоловік якихось сорока років, з доброю статурою, чорним волоссям і карими очима, юнацьким повітрям для нього і захопливою посмішкою; і літній чоловік, темношкірий, кучерявоволосий, з серйозним ставленням і поглядом на обличчі. Кармен жестом познайомила нас:

"Це мій чоловік Гумерчіндо (вказуючи на літнього чоловіка), і це інші мої гості: Ріваніо, (сорокарічний), він відомий як Ваніньо, і є обслуговуючим персоналом на вокзалі і Гомес (молодий чоловік), є співробітником сільськогосподарського магазину.

"Мене звуть Альдіван, і це мій племінник Ренато.

З презентаціями Кармен веде нас до нашої кімнати. Він просторий, світлий і повітряний. У ньому два ліжка, і це робить мене більш розслабленим. Ми відкладаємо сумки, вміщуємо себе і в цю мить Кармен залишає нас. Ми трохи відпочинемо, а пізніше повечеряємо.

Вечеря

Після міцного сну я прокинувся з відновленими силами. Я перебуваю в готельному номері разом з Ренато. Моя свідомість тяжіє наді мною, коли я розумію, що говорив неправду. Я не з Ресіфі, і ренато не мій племінник. Однак це було найкраще. Я досі не знаю людей, з якими представився. Краще триматися на обороні, тому що довіра - це те, за що ви заробляєте. По-друге, якби я сказав правду, вони назвали б мене божевільним. Правда в тому, що я піднявся на гору, шукаючи своїх мрій; Я виконав три випробування і увійшов у страшну печеру відчаю. Ухиляючись від пасток і сценаріїв, я став Провидцем, і я здійснив подорож у часі, шукаючи невідоме. Тепер я був там у пошуках відповідей. Я встаю з ліжка, буджу Ренато, і разом ми прямуємо до їдальні. Ми були голодні, оскільки не їли близько шести годин.

Ми увійшли в їдальню, привіталися один з одним і сіли. Бенкет, що подається різноманітний і, як правило, північно-східний: кукурудзяна вівсянка з молоком або рагу з кукурудзяної муки з куркою - це варіанти. На десерт є торт з тіста маніок. Запускається розмова і всі беруть в ній участь.

"Ну, містере Одливано, що ви робите на життя, і що вас приводить у це крихітне місце? "допитувалася Кармен.

"Я репортер і журналіст на додаток до вчителя математики. Мене відправила столична газета, щоб знайти гарну історію. Чи правда, що це місце приховує глибокі таємниці?

"Мабуть. Однак говорити про це заборонено. У випадку, якщо ви не знали, ми живемо за законами і порядком імператриці

Клемилда. Вона могутня чарівниця, яка використовує темні сили, щоб покарати тих, хто не слухається. Будьте пильні: вона може все чути.

На секунду я ледь не захлинуюся їжею. Тепер я зрозумів значення темних хмар. Було порушено баланс «протиборчих сил». Ця зла жінка перекривала сонячні промені, його чисте світло. Така ситуація не могла залишатися такою дуже довго, інакше Мімосо міг загинути разом зі своїми мешканцями.

"Чи правда, що журналісти багато брешуть? "питає Ріваніо.

"Цього не відбувається, принаймні в моєму випадку. Я намагаюся бути вірним своїм переконанням і новинам. Справжній журналіст - це той, хто серйозно, етично і захоплений своєю професією.

"Ви одружені? Які ваші життєві цілі? "питає Кармен.

"Ні. Одного разу хтось сказав мені, що Бог поле когось до мене. Зараз я зосереджений на навчанні та на своїх мріях. Любов колись прийде, якщо це буде моя доля.

" Пане Гумерчіндо, розкажіть про Мімосо.

"Це як сказала моя дружина„ нам заборонено говорити про трагедію, яка сталася тут кілька років тому. З тих пір, як Клемилда почала царювати, наше життя не було колишнім.

Емоції здолали всіх, хто був у залі. Сльози наполегливо сочились по обличчю Гюмерсиндо. Це було обличчя бідняка, який втомився від жорстокої диктатури цієї чарівниці. Життя втратило сенс для цих людей. Все, що залишалося, - це щоб вони померли з дуже малою надією на те, що їм хтось допоможе.

"Заспокойтеся, всі. Це ще не кінець світу. Такий стан буття не може тривати дуже довго. Протиборчі сили світу повинні залишатися в рівновазі. Не хвилюйся. Я вам допоможу.

"Як? Відьма має владу над людьми. Її чуми зруйнували багато життів. (Гомес)

"Сили добра також потужні. Вони здатні відновити тут мир і злагоду. Повіри мені.

Мої слова, здається, не мають бажаного ефекту. Розмова змінюється, і я не можу зосередитися на цьому. Про що думали ці люди? Бог справді дбав про них. Інакше я б не піднявся на гору, не зіткнувся з викликами, не подолав печеру і зустрів би опікуна. Все це було ознакою того, що все може змінитися. Однак вони не знали. Знадобилося терпіння, щоб переконати їх сказати мені правду або хоча б показати мені шлях. Закінчую вечерю разом з Ренато. Я встаю з-за столу, вибачаюся і лягаю спати. Наступний день буде життєва важливим у моїх планах.

Прогулянка селом

З'являється новий день. Сонце сходить, пташки співають, а свіжість ранку огортає весь готельний номер, в якому ми знаходимося. Я прокидаюся, відчуваючи себе жахливо. Ренато вже не спить. Я розтягуюся, чистюк зуби і приймаю душ. Те, що я почув напередодні ввечері, викликає у мене невелике занепокоєння. Як Мімосо домінувати над злою відьмою? За яких обставин? Таємниця була для мене занадто глибокою. Християнство було реалізовано в Америці в шістнадцятому столітті і з тих пір воно стало верховним, приборкавши весь континент. Чому ж тоді, тут же, посеред нізвідки, панувало зло? Довелося з'ясувати причини і причини цього.

Я виходжу з кімнати і прямую на кухню, щоб поснідати. Стіл накритий, і я бачу кілька смак ликів: Маніок та картоплю. Я починаю служити собі, тому що відчуваю себе як вдома. Інші гості приїжджають і діють аналогічно. Ніхто не торкається теми напередодні ввечері, і ніхто теж не наважується. Кармен підходить і пропонує мені чашку чаю. Я приймаю. Чаї корисні для зняття душевного болю і підняття свого настрою. Я веду з нею розмову.

"Чи не могли б ви змусити когось керувати мною, перебуваючи в Мімосо? Я хотів би зробити кілька інтерв'ю.

"Це не обов'язково, мій дорогий. Мімосо - це не що інше, як село.

"Боюся, що ви мене неправильно зрозуміли. Я хочу когось, хто близький з людьми, когось, кому я можу довіряти.

"Ну, я не можу, тому що у мене багато обов'язків. Всі мої гості працюють. У мене є ідея: Пошук Філіпе, сина власника Складу. У нього є вільний час.

"Дякую за підказку. Я знаю, де знаходиться склад у центрі міста. Я подзвоню Ренато, і ми підемо разом.

"Чудово. Бажаю вам удачі.

Я закликаю Ренато, який досі перебуває в номері готелю. Так само я сподіваюся, що він поснідає, щоб ми могли піти. Чи зможу я отримати якусь точну інформацію про справу Мімосо? Мені було дуже приємно знати. Ренато закінчує свій сніданок; ми прощаємося з Кармен і нарешті виїжджаємо. На площі, прилеглій до готелю, повно молоді та дітей. Маленькі діти стоять, розмовляючи один з одним, а діти граються. Я спостерігаю за всім хвилюванням, проходячи повз. Я повертаю за ріг, прямуючи центром міста, і швидко приходжу на склад. Супроводжуючим є чоловік років близько п'ятдесяти років. Я сигналізую, щоб чоловік підійшов.

"Чим я можу вам допомогти?

"Я шукаю Феліпе. Де він знаходиться, будь ласка?

"Феліпе - мій син. Буквально за мить я йому зателефоную. Він знаходиться в депо.

Чоловік іде геть і незабаром після повернення в супроводі молодого рудого, і поки худий побудований, як чоловік років сімнадцяти років.

"Я Феліпе. Що вам було потрібно?

"Кармен порекомендувала вам мені. Мені потрібно, щоб ви супроводжували мене на деяких інтерв'ю. Мене звуть Альдіван, приємно з тобою познайомитися.

" Звичайно, моє задоволення, я буду супроводжувати тебе. У мене є трохи вільного часу. Почати можна з аптеки, яка знаходиться по сусідству. Власник є знавцем цього місця, оскільки він тут з моменту заснування.

"Чудово. Пішли.

У супроводі Ренато і Феліпе я йду в Аптеку, де виконаю своє перше інтерв'ю. Те, що я не справжній журналіст, змушує мене трохи нервувати і тривожитися. Сподіваюся, у мене все вийде. Адже я піднявся на гору, виконав три завдання і пройшов випробування печери. Просте інтерв'ю мене не зруйнує. Приїхавши в аптеку, ми відвідуємо їх занадто оперативна. Нас знайомлять з власником. Я прошу взяти у нього інтерв'ю, і він погоджується. Ми виходимо на пенсію в більш відповідне місце, де ми можемо побути на самоті і поговорити. Я починаю інтерв'ю сором'язливо.

"Чи правда, що ви один з найстаріших жителів, один із засновників цього місця?

"Так, і не називайте мене сером. Мене звуть Фабіо. Мімосо дійсно почав виділятися ще з моменту імплантації залізничного відділу. Прогрес і сучасні технології прийшли в 1909 році з Великими західними поїздами. Британські інженери Каландер, Толестер і Томпсон спроектували колії залізниці, побудували будівлі вокзалу і Мімосо почав рости. Була реалізована торгівля і Мімосо став одним з найбільших складів в регіоні, поступаючись тільки Карабайс. Мімосо судилося рости, і саме тому я тут.

"Чи завжди життя тут було гладким, чи переживало трагічні події?

"Так, так і було. Принаймні до року тому. З тих пір так само не було. Люди сумують і втратили будь-яку надію. Ми живемо в умовах диктатури. Податкове навантаження занадто велике, у нас немає свободи слова, і ми повинні виносити свої голоси на приховані сили. Релігія для нас стала синонімом гноблення. Наші Боги - жорстокі Боги, які хочуть крові і помсти. Ми втратили реальний зв'язок з Богом Отцем, Єдиним і Єдиним.

"Розкажіть про те, що сталося рік тому.

"Я не хочу, і навіть не можу говорити про трагедію. Це дуже боляче.

"Будь ласка, мені потрібна ця інформація.

"Моя сім'я постраждала б, якби я вам сказав. Духи можуть все чути і розповідали б Клемілді. Я не міг так сильно ризикувати.

Я наполягаю, знову і знову, але він стає непохитним. Страх зробив його боягузом і малодушним. Він йде з місця без додаткових пояснень. Я один, неспокійний і сповнений запитань. Чому вони так бояться цієї чарівниці? Про яку трагедію він говорив? Мені потрібна була ця інформація, щоб знати, на якій землі я стою. Я був Провидцем, обдарованим подарунками, але це не полегшило. Якби ця Клемілді правила темними силами, вона була б грізним супротивником. Чорна магія може захопити будь-яку людину, навіть найкращу природу. Зіткнення «протиборчих сил» могло зруйнувати Всесвіт, і це було найдальше від мого розуму. Обережність потрібна була негайно. Для мене було зрозуміло, що баланс «протиборчих сил» був порушений, і моя місія полягала в тому, щоб возз'єднати його. Але для цього потрібно було знати всю історію. Я йду з цією думкою. Я знаходжу Ренато і Феліпе, і ми виїжджаємо на нові інтерв'ю. Крім того, я сподіваюся на успіх.

Я абсолютно розчарований після інтерв'ю. Я не отримав всієї інформації, яка мені була потрібна. Який я був журналістом? Я вважаю, що треба було пройти курс журналістики. Всі особи, з якими я брав інтерв'ю, пекар і коваль, повторювали те, що я вже знав. Ренато і Феліпе намагаються мене втішити, але я не можу пробачити себе. Тепер я загубився, в кінці світу, де ще не прибула цивілізація. Єдина інформація, яку я знав, це те, що Мімосо правили злою відьмою. Крик, який я чув у печері відчаю, все ще змушував мене паморочитися в голові. Хто це був, хто так потребував моєї допомоги? Я зосередився на цьому крику і, за допомогою моїх сил, приїхав до Мімосо через подорожі в часі. Цілі цієї поїздки мені ще не були зрозумілі. Опікун говорив про возз'єднання "протиборчих сил", але я поняття не мав, як це зробити. Що я знав, так це те, що я все ще не мав повного контролю над своїми "протиборчими силами" і це мене ще більше засмучувало. Ну, тепер не час було зневірятися. У мене було ще двадцять вісім днів, щоб вирішити це питання. Найкраще зараз було повернутися в готель і зібратися з силами, як мені це буде потрібно. Ренато і Феліпе були зі мною, і по дорозі ми краще познайомилися. Це ідеальні люди. Я не відчуваю себе таким самотнім у цьому місці, де домінують сили внизу і сповнені загадок.

Чорний замок

Ми вже третій день після подорожі в часі. Попередній день не залишив добрих спогадів. Після інтерв'ю я вирішила провести решту дня в готелі, опинившись. Це стало моєю відправною точкою: знайдіть себе для вирішення важливих питань. Ренато досі мені зовсім не допомагав. Я думаю, що опікун помилявся, коли послав його зі мною. Адже він був просто дитиною і як такий не мав багато обов'язків. Моя ситуація була зовсім іншою. Я був юнаком двадцяти шести років, адміністративним помічником, зі ступенем математики і багатьма цілями. У мене не було часу думати ні про кохання, ні про себе, тому що я був на місії, хоча точно не знав, що це таке. Єдина впевненість у тому, що я була в тому, що я піднялася на гору, усвідомила виклики, знайшла молоду дівчину, привидам, дитину і опікуна, і ми з опікуном пройшли випробування в печері. Я став Провидцем, але це було ще не все. Мені доводилося постійно долати життєві випробування. Що ж, світить новий дснь, а разом з ним і нові надії. Я встаю, приймаю душ і снідаю, чистюк зуби і прощаюся з Кармен. Попередній день пробудив у мені нову ідею: близько пізнати свого ворога і вкрасти у них інформацію. Це був єдиний вихід.

Я виходжу на вулицю і бачу дитячий майданчик і всіх, хто сидить на лавочках. Вони діють нормально так, ніби перебувають у звичайному суспільстві. Вони відповідали. Люди звикають до чого завгодно навіть у часи приреченості. Я продовжую ходити. Я повертаю за ріг, зустрічаюся з деякими людьми і залишаюся твердим у своїй рішучості. Виклики печери допомогли мені втратити страх перед будь-якими обставинами. Я знайшов три двері, що символізують страх, невдачу і щастя. Я обрала щастя і розпоряджалася рештою. Так само я була готова до нових викликів. Я повертаю ще один кут і виходжу на західну сторону села. З'являється великий замок. Це імпозантна будівля, що складається з двох головних веж і другорядної вежі. Резиденція чорна пофарбована цегляною кладкою. Поганий смак, характерний для лиходія. Моє серце б'ється, і мої кроки теж це роблять. Майбутнє Мімосо залежало від мого ставлення. На кану стояло невинне життя, і я б не допустив більше несправедливості. Я плескаю в долоні, сподіваючись привернути увагу когось у будинку. Міцний хлопчик, високий і темношкірий, виходить зсередини будинку.

"Що вам було потрібно?

"Я тут, щоб побачити Клемілда.

"Зараз вона зайнята. Приходьте іншим разом.

"Зачекайте хвилинку. Це важливо. Я репортер щоденник, і я прийшов зробити про неї спеціальну доповідь. Просто дайте мені п'ять хвилин.

"Журналісти? Ну, думаю, їй це сподобається. Я оголошу про ваш приїзд.

"Не треба. Дозвольте мені піти з вами.

Чоловік сигналізує "так", і я запускаю численні сходинки, які дають доступ до вхідних дверей. По моєму тілу пробігає тремтіння, і наполегливі голоси застерігають мене не заходити всередину. Кішка проходить повз і миготить своїми лютими кігтями. Я молюся внутрішньо, щоб Бог дав мені силу протистояти будь-якій ситуації. Хлопчик супроводжує мене, і ми заходимо. Двері дають доступ до великого, витіюватого фойє, наповненого фарбами і життям. З правого боку є доступ ще до більш ніж трьох камер. У центрі зображені зображення святих з рогами, черепами та іншими гріховними предметами. З лівого боку розташовані дивні картини. Сценарій жахливий, і я не можу до кінця описати його. Негативні сили домінують на місці і змушують мене паморочитисячиво, так як це зіткнення «протиборчих сил». Чоловік зупиняється перед одним з відсіків і стукає. Двері відчиняються, дим сходить і з'являється товста, чорна жінка з сильними рисами обличчя, близько сорока років.

"Чим я зобов'язаний честі Провидця особисто, що приходить до мене в гості?

Вона сигналізує, щоб чоловік зник. Мене абсолютно бентежить її ставлення. Звідки вона мене знала? Чи може бути так, що вона знала про гору і печеру? Якими дивними силами володіла ця жінка? Це та багато інших питань пройшли через мою свідомість в той момент.

"Я бачу, що ви мене знаєте. Тоді ви повинні знати, чому я прийшов сюди. Я хочу знати про трагедію і про те, як ви домінували над таким тихим місцем.

"Трагедія? Яка трагедія? Тут нічого не сталося. Я лише трохи видозмінив це місце, щоб воно стало приємнішим. Люди зі своїм фальшивим щастям... вони на нервах, і я вирішив це змінити. Мімосо став моєю власністю, і навіть ви нічого не можете з цим вдіяти. Ваші психічні сили - ніщо в порівнянні з моїми.

"Кожен лиходій самовдоволений і гордий. Ми обидва знаємо, що така ситуація не може тривати довго. «Протиборчі сили» повинні залишатися в рівновазі у всьому Всесвіті. Добро і зло не можуть протистояти один одному, тому що в іншому випадку Всесвіт ризикує зникнути.

"Мене не турбує всесвіт чи його люди! Це не що інше, як комахи. Мімосо - це мій домен, і ви повинні поважати це. Якщо ти будеш виступати проти мене, ти постраждаєш. Мені просто потрібно згадати одне слово майору, і я вас заарештую.

"Ви мені погрожуєте? Я не боюся погроз. Я провидець, який піднявся на гору, виконав три випробування і побив печерний.

"Забирайся звідси, перш ніж я приготую тебе в своєму казані. Мені набридла твоя чеснота. Мені це огидно.

"Я піду, але ми знову зустрінемося. У підсумку завжди переважає добро.

Швидко я залишаю її і йду до дверей. Коли я йду, я все ще чую її жарти. Вона досить божевільна. Мої питання залишаються без відповіді, і я залишаюся безцільним і без будь-яких ознак. Зустріч з Клемілда не виконала моєї мети.

Руїни каплиці

Вийшовши з чорного замку, я вирішую піти іншим шляхом. Я хочу побачити ще трохи міста та його мешканців. Йдучи на схід, я знаходжу деякі і намагаюся вести розмову. Однак вони мене уникають. Їхня недовіра ще більша, тому що я невідомий, молодий репортер. Вони не знають моїх справжніх намірів. Я хочу врятувати Мімосо, знайти людину, яку я шукаю, і возз'єднати "протиборчі сили", як просив від мене опікун. Але для цього потрібно було трохи запозичити з історії місця і точно знати всіх моїх ворогів. Мені довелося б знайти все це якомога швидше, тому що у мене був термін, щоб вкластися. Сходження на гору, виклики, печеру, все це було необхідним знанням, щоб я знав, що таке життя і як люди його живуть. Настав час застосувати його на практиці. Я обертаюся за рогом і за кілька футів попереду натрапляю на купу щебню. Я думаю про відсутність організації місця і його людей. Сміття вільно плаває серед суспільства і здатний передавати хвороби і служити розплідником тварин і комах; це завдало шкоди людині. Я підходжу ближче, щоб краще придивитися до лиха місця. Чекати. У цьому сміттті є дещо інше. Непідкопаний, я бачу величезне дерев'яне розп'яття, наче воно з каплиці. Я краще переміщую сміття і чітко бачу: Це розп'яття. Доторкнувшись до нього, хвиля тепла проходить через все моє тіло і я починаю мати видіння. Я бачу кров, страждання і біль. На мить я опиняюся на тому місці, беручи участь у подіях минулого. Я відриваю руку від розп'яття. Я ще не готовий. Крім того, мені потрібен деякий час, щоб увібрати в себе все, що я відчув менш ніж за три секунди. Хрест якось посилює мої сили, і я починаю відчувати дію сили, що протистоїть моїй.

Наказ

Мій візит до страшної, темної чарівниці на ім'я Клемілда не залишив її щасливою. Вона ніколи не суперечила. Її володіння над громадою Мімосо було абсолютно необмеженим. Однак вона не розраховувала, виходячи з хорошого, відправивши мене в подорож назад у часі на місце. Відразу після мого від'їзду з замку вона возз'єдналася зі своїми лакеями, Тотонью і Клайде, і вони порадилися з окультними силами. Вони увійшли в ліве відділення, розташоване в залі, і взяли в жертву маленьку свиню. Відьма взяла книгу і почала читати сатанинські молитви іншою мовою, а вона і її поплічники почали приносити в жертву бідну тварину. Слід крові наповнив відсік, і негативні сили почали концентруватися. Природне освітлення місцевості потьмяніло, і чарівниця почала шалено кричати. За короткий час темрява захопила вольєр і через дзеркало відчинилися двері зв'язку між двома світами. Клемілда виступила з благоговінням до свого Господа і почала звертатися до нього. Вона була єдиною на тому з'єднанні, яка володіла цією здатністю. Грішний оракул і її рецептор деякий час перебували в повному спичасті. Інші просто спостерігали за всією ситуацією. Після зустрічі темрява розвіялася, і ділянка повернулася в початковий стан. Клемілда повернулася від впливу розмови, зателефонувала своїм помічникам і сказала їм:

"Поширив по всій громаді такий порядок: той, хто, чоловік чи жінка, дає будь-яку інформацію чоловікові на ім'я Провидець, буде суворо покараний. Його смерть буде трагічною і ознаменує їхнє проходження в царство темряви. Це орден королеви Клемілда для всіх Мімосо.

Лакеї Клемілда йшли виконувати наказ оголошувати звістку жителям села, на сусідні ділянки і на сільськогосподарські угіддя.

Зустріч мешканців

З наказом, виданим Клемілда, жителі були ще більш стримані в цьому питанні. Фабіо, власник аптеки і президент об'єднання домовласників, скликав термінову зустріч з головними керівниками цього місця. Зустріч була запланована о 10:00 в будівлі асоціації в центрі міста. Вони б обмірковували мою справу.

У призначений час головний зал будівлі був заповнений. Присутні були майор Квінтіно, делегат Помпеу, Осмар (фермер), Шеко (власник складу) та Отавіо (власник сільськогосподарського магазину), серед інших. Фабіо, президент, розпочав сесію:

"Ну, друзі мої, як вам усім відомо, Клемілда вчора вдень оприлюднила наказ. Ніхто не повинен передавати будь-яку інформацію суб'єкту під назвою "Провидець", який проживає в готелі. Я бачу, що ця людина дуже небезпечна і повинна міститися. Він навіть намагався зібрати від мене якусь інформацію, але зазнав невдачі. Він хотів дізнатися про трагедію.

"Провидець? Я не чув про цю людину. Звідки він береться? Хто він? Чого він хоче з нашим маленьким селом? (Запитав майора)

"Легко, майоре. Ми досі цього не знаємо. Єдина інформація, яку ми маємо, це те, що він таємничий аутсайдер. Потрібно вирішити, що з ним робити. (Фабіо)

"Почекай хвилинку, хлопці. З того, що я знаю, він не злочинець. Мій син Феліпе супроводжував його на прогулянці містом і казав, що він хороша, чесна людина. (Шеко)

"Зовнішність може бути оманливою, синку. Якщо Клемілда поклала на нас цей наказ, то ця людина стала для нас небезпекою. Нам потрібно буде вигнати його якомога швидше. (Отавіо)

"Якщо вам потрібні мої послуги, я доступний. (Помпеу, делегат)

У збірці відбувається незначне порушення. Дехто починає протестувати. Помпеу встає, радиться з майором і каже:

"Давайте заарештуємо цю людину. У в'язниці ми будемо задавати йому всі необхідні питання.

Група розбирає наказом про мене заарештувати. Чи може бути так, що я був злочинцем?

Вирішальна розмова

Я виходжу з руїн каплиці і починаю йти до готелю. Моє шосте почуття підказує мені, що я в небезпеці. Насправді, з тих пір, як я був у Мімосо, це завжди попереджало мене про те, куди я їду. Село, в якому домінували темні сили, не було вдалим вибором відпочинку. Однак мені довелося б виконати обіцянку, дану охоронцеві гори: Возз'єднати «протиборчі сили» і допомогти власнику того крику, який я чув у печері відчаю. Я ніколи не міг відмовитися від цієї місії. Мої кроки розганяються, і незабаром я приїжджаю в готель. Я відчиняю двері, йду на кухню і знаходжу Кармен, свою останню надію. Я відчував достатньо мужності і розраховував на доброту, щоб допомогти мені.

"Пані Кармен, мені треба поговорити з вами, мем.

"Скажи мені, Алдиван, чого ти хочеш?

"Я хочу знати все про трагедію та історію Мімосо.

"Сину мій, я не можу. Хіба ви не знаєте останнього? Клемілда погрожувала вбити всіх, хто дає вам інформацію.

"Я знаю. Вона змія. Однак, якщо ви мені не допоможете, Мімосо ще більше потоне і ризикне зникнути.

"Я в це не вірю. Гнилі ніколи не гинуть. Це той урок, який я засвоїв відтоді, як вона почала царювати.

Кілька хвилин запанувало мовчання, і я зрозумів, що якщо не скажу правду, то не матиму жодних відповідей. Мої викрадачі готувалися до нападу.

" Кармен, уважно слухай, що я скажу. Я не журналіст і не репортер. Я мандрівник у часі, місія якого полягає в тому, щоб відновити баланс, якого так потребує Мімосо. Перш ніж прийти сюди, я піднявся на гору Ороруба; Я виконав три випробування, знайшов юнака, опікуна, привидам і Ренато. Долаючи виклики, я отримав право увійти в печеру відчаю, печеру, в яку можна втілити навіть найглибші мрії. У печері я уникав пасток і просувався через сценарії, які жодна інша людина ніколи не перевершувала. Печера зробила мене Провидцем, здатним подолати час і відстань, щоб вирішити образи. Маючи свої нові сили, я зміг повернутися в минуле і прибути сюди. Я хочу возз'єднати "протиборчі сили", допомогти комусь, кого я не знаю, і повалити тиранію цієї злої відьми. Зрештою, мені потрібно знати все і знати, що ви здатні розкрити. Ви хороша людина, і, як і інші тут, ви заслуговуєте на свободу, як бог створив нас.

Кармен сіла в крісло і стала емоційною. Під її обличчям ковзали рясні сльози, які були зрілі від страждань. Я тримав її за руки, і наші очі миттєво зустрілися. На мить я відчула, ніби перебуваю в присутності мами. Вона встала і попросила мене супроводжувати її. Ми зупинилися перед дверима.

"Ви знайдете відповіді, які вам дуже потрібні прямо тут, у цьому депозитарії. Це те, що я можу зробити для вас: покажіть вам дорогу. Успіхів!

Я дякую їй і дарую їй благословенне розп'яття. Вона посміхається. Я заходжу в камеру схову, закриваю двері і натрапляю на безліч друкованих газет. Де була б ця річ, яку я шукаю?

Кінець першої частини протиборчих сил

www.ingramcontent.com/pod-product-compliance
Ingram Content Group UK Ltd.
Pitfield, Milton Keynes, MK11 3LW, UK
UKHW020637070526
12295UKWH00029B/3